U0031864

Goosebumps®

SlappyWorld

Goosebumps®

SlappyWorld

Goosebumps®

SlappyWorld

Goosebumps®

SlappyWorld

Goosebumps®

史賴皮搞怪連篇 1

SLAPPYWORLD

咒你生日快樂

Slappy Birthday to You

R.L. 史坦恩（R.L.STINE）◎著

向小宇◎譯

大家好，我是史賴皮。

歡迎來到我的世界。

沒錯，就是史賴皮世界。你在這裡只會驚聲尖叫！哈哈哈！

各位要注意：不准說我是木偶。

我實在是太棒了！眞希望能親吻我自己！（不過，嘿，我可能被木屑刺到！）

我眞是太厲害了，厲害到我自己都起雞皮疙瘩。你知道世界上唯一能帥過我這張臉的是什麼嗎？沒錯，就是鏡中的我！哈哈！

我長得很好看，也很慷慨。我喜歡分享，最重要的是，我喜歡分享嚇人的故事，讓你嚇得發抖，嚇到跳史賴皮腳！

你知道怎麼嚇到跳史賴皮腳嗎？沒錯，就是全身顫抖！哈哈哈！

你接下來即將要閱讀的故事，是有史以來最令人歎爲觀止的故事之一，那是因爲，它是關於我的故事！哈哈！

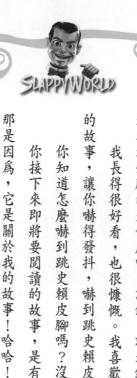

這個故事是關於一名叫伊安・巴爾克的男孩。

這是伊安的生日，你猜怎麼著？

他正打算舉辦派對。

在派對上，伊安得到了一份他以爲自己會喜歡的禮物。

萬萬沒想到，這份禮物竟變成了一場噩夢！這不是存心要讓人尖叫嗎？

沒錯，這是伊安的生日，但我可是最糟糕的禮物[1]！哈哈哈！

開始吧！讀者們，讓故事展開吧！

我稱之爲「史賴皮咒你生日快樂」！

這不過是史賴皮世界裡，又一個恐怖的故事！

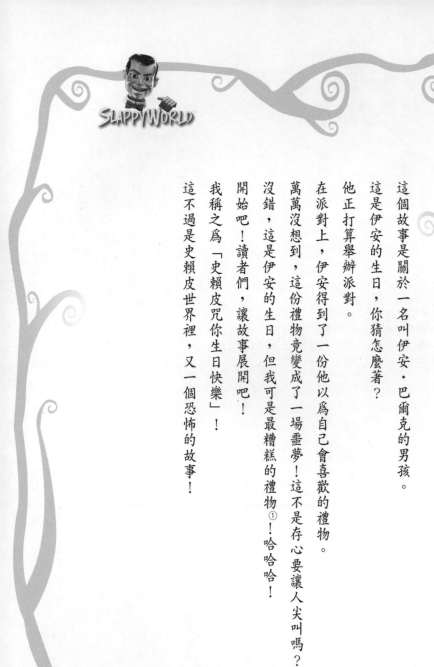

這句英文怎麼說?

我們不要操之過急。

Let's not get ahead of ourselves.

1.

伊安・巴爾克十二歲生日那天收到一份禮物，這個禮物爲他和家人們帶來了痛苦和恐懼。

不過，我們不要操之過急。

讓我們盡可能試著享受伊安的生日，但是請記住，這不是伊安期望的生日。事實上，它很快就變成他想不計一切代價去遺忘的一天。

伊安在那個陽光明媚的春天早晨下樓吃早餐，他迫不及待要展開這個特殊的日子。

但是他馬上就和他九歲的妹妹莫莉起了衝突，這並不是什麼新鮮事了。如果問伊安「莫莉」這兩個字怎麼拼，他會回答「ㄇㄚˊ—ㄈㄢˊ—」。

由於伊安最愛藍莓鬆餅，所以巴爾克太太在桌上堆了高高的一疊。伊安和莫莉相安無事地吃了一會兒。莫莉喜歡在鬆餅上淋大量的楓糖漿，在伊安還來不及加楓糖漿之前，她已經用掉了大部分的糖漿，但是伊安沒有抱怨，因爲他打定主意要在生日這一天開開心心的。

沒多久，盤子上只剩最後一塊鬆餅了，當他們兩個同時用叉子叉住它時，就是麻煩開始的時候。

「這是我的！」伊安說。「妳已經吃六個了！」

「但是，是我先看到它的！」莫莉很堅持，叉子毫不退讓地戳在靠近她那邊的鬆餅上。

「今天是我的生日。」伊安提醒她，「今天應該要聽我的。」

「你總是以爲自己想要什麼就應該有什麼。」莫莉正色說道。

莫莉有一頭紅色捲髮和藍眼睛，當她爲了鬆餅或任何東西跟人爭吵時，原本有著淡淡雀斑的蒼白臉頰就會染上粉紅色。

這句英文怎麼說？

我真是大開眼界。
I'm so totally impressed.

兄妹倆的媽媽從流理檯邊轉身。她剛剛正在把杯子蛋糕放在托盤上，那是為了伊安的生日派對準備的。

「又吵架了？」

莫莉說：「我們不是吵架，是意見不和。」

伊安翻了個白眼，說：「噢，好深奧的詞，我眞是大開眼界。」

他們倆的叉子都還戳在最後那塊鬆餅上。

「你是個混蛋。我知道『混蛋』這個詞你聽得懂！」莫莉說。

「別在伊安生日這天罵他，等到明天再說吧！」巴爾克太太很有幽默感，孩子們有時還滿欣賞媽媽的幽默，有時候卻不買單。

「你們為什麼不把鬆餅分成兩半呢？」她建議道。

「好主意。」伊安邊說，邊用叉子將鬆餅分成兩塊。

「不公平！」莫莉叫道：「你的那一半比我的大兩倍。」

伊安大笑，在莫莉還來不及反應之前，把他的那半塊鬆餅狼吞虎嚥地吃下肚子去了。

莫莉對哥哥皺眉：「邋遢鬼，你會不會吃東西呀？你下巴上有糖漿。」

伊安舉起糖漿瓶：「妳的頭髮也想來點糖漿嗎？」

巴爾克太太停下手上的工作，轉身走到桌邊。「停，早餐結束了。」她從伊安手中拿走糖漿瓶：「你十二歲了，真的應該停止這些爭吵。」

「可是……」伊安開口道。

她捏了下伊安的肩膀：「你的表兄弟會來參加派對，我希望你能對他們友善一點，不要像平常那樣挑釁。」

伊安抱怨道：「文尼和強尼？一直都是他們先惹我的。」

「都是伊安挑起的。」莫莉插嘴說道。

「閉嘴！」伊安喊道。

「聽我說。」巴爾克太太懇求道，「我希望你能對他們好一點。你知道他們的爸媽這陣子並不好過，唐尼姨丈還在失業中，而瑪麗阿姨動完手術還在休養。」

「我現在可以吃一個杯子蛋糕嗎？」莫莉問道。

伊安拍了拍桌子：「如果她要吃，那我也要。」

這句英文怎麼說？

你們有在聽我說話嗎？

Have you heard a word I said?

「你們有在聽我說話嗎？」兄妹倆的媽媽生氣地說。

「我發誓不會跟強尼和文尼起爭執。」他抬起右手彷彿宣誓般說道，然後離開座位朝放蛋糕的托盤走去。

「不准碰！」巴爾克太太說。「去叫你爸爸來，伊安。告訴他客人就快到了。」

「他在哪兒？」伊安問道。

「還會在哪兒？在他的工作室。」媽媽回答。

「還會在哪兒？」莫莉模仿著媽媽的語氣。

伊安從大廳後面走到通往地下室的門口，心裡想著強尼和文尼。

強尼和文尼住在離他們家只有幾個街區的地方。強尼十二歲，文尼十一歲，但是他們看起來就像雙胞胎。他們都是不好惹的壯碩傢伙，身材比同年齡的人來得高大，嗓門大又聒噪，肥頭大耳，金髮平頭配上朝天鼻。

至少，伊安是這麼描述的。他們是那種走路橫衝直撞的傢伙，總是不懷好意地笑著。總之是卑鄙的傢伙。

「他們只是嫉妒你。」巴爾克太太總是這麼對伊安說。「他們是你唯一的表兄弟，所以要對他們好一點。」

伊安打開地下室的門，一次兩階梯蹦蹦跳跳地下樓。

地下室的空氣比較溫暖，透著一股膠水的味道。

在明亮的白色天花板燈光下，伊安的父親俯身在長形工作檯上。他在伊安走近時轉過身來：「哦，嗨，伊安。」

「嘿，爸爸——」伊安說道，「媽媽說……」

「我有個生日驚喜要給你。」巴爾克先生說。

接著他居然把雙手放在臉上，挖出眼珠子，把它們舉到伊安面前。

2.

「爸爸，這個把戲你從我兩歲起就在玩，已經不好玩了。」伊安抱怨道。

巴爾克先生把眼珠子拋到空中再接住，說：「才怪，你愛死了。」他放下眼珠子，從桌子上拿起一條小手臂和一條腿。「你跟我一樣超級想玩②眼珠子的把戲。」

伊安笑了。他看著工作檯上那一堆胳膊、腿和其他身體部位，桌子另一頭則是一堆壞掉的玩偶。當他察看父親的工作檯時，玩偶頭睜著大眼看著伊安。

放在兩面牆架上的玩偶——沒有頭的、缺眼睛的、缺手臂或缺腿的——也盯著他瞧。

這句英文怎麼說？

已經不好玩了。
It just isn't funny anymore.

工作檯旁的水桶裡裝滿了黃色、紅色和棕色的玩偶頭髮。有些架子放著洋裝、褲子和襯衫，還有各種新式或復古的玩偶服裝。

早在伊安出生之前，伊安的爸爸已經在經營玩偶醫院。他每天都在這裡度過大部分的時間，修復損壞的玩偶，更換缺失的部分，畫上新臉孔，讓舊玩偶看起來煥然一新，然後再小心翼翼將它們包裝好，送回主人那裡。

他拿起一隻細長的畫筆，在一顆玩偶頭的灰色臉頰上塗抹淡粉色的顏料。

「這是個古董亞莉珊德夫人娃娃。」他告訴伊安，「它很值錢。我收到的時候它的臉已經徹底掉漆，所以我……」

樓上某扇門傳來的敲門聲打斷了他的話。

有人用力地敲了四次，接著又敲了四次。

「前門有人敲門。」巴爾克先生說。「一定是你的表兄弟。去放他們進來吧！」

他仔細端詳著人偶的臉，又用畫筆塗抹了幾下：「我隨後就到。」

伊安小跑步上樓，急忙穿過大廳走向前門。

他又聽見四聲巨響。

「來了，來了。」他喃喃道。

伊安拉開前門，隨即因爲受到驚嚇而尖叫起來，因爲強尼一記猛烈的拳頭正面擊中了他的臉。

這句英文怎麼說?

我隨後就到。

I'll be there in a few seconds.

3.

「噢！」

伊安閉著眼尖叫起來，整個臉陣陣抽痛，感覺有血從鼻子流了出來。伊安掐著強尼的喉嚨搖晃他，再次放聲大叫。

「嘿，住手！那是意外！意外！」強尼喊道。

文尼試圖將男孩們分開，但伊安一揮手肘，把他撞得往後跌下前門臺階。

「我發誓，那是意外！」強尼堅稱。「我當時正要敲門。」

巴爾克太太及時出現：「你們沒看到車道上的標誌嗎？這是『禁止打架區』。」

伊安放開表哥粗喘著氣退後一步。強尼滿臉不高興地揉著喉嚨，再次強調：「那是意外。」

「伊安，你的鼻子怎麼流血了？」媽媽問道。

「那是意外。」強尼不改說詞。「我敲到伊安的臉而不是門上。」

巴爾克太太輕輕地推了一下伊安：「去拿一些紙巾，你不會希望血滴到生日蛋糕上的。」她站到一邊，讓強尼和文尼進入屋子裡。「今天不准打架，小伙子們。」她說，「讓我們好好辦一場美好平和的派對。」

「妳有什麼玉米片？」文尼問道。

這個問題出乎她的意料之外：「玉米片？」

「有起司玉米片嗎？」文尼追問：「強尼和我還沒吃早餐。」

兩個大男孩笨重地朝廚房移動。

「你爸媽讓你們早餐吃玉米片？」巴爾克太太跟在他們身後問道。

「他們不在乎我們吃什麼。」強尼說，「他們很晚才起床，只有交代我們隨便吃點什麼。」

這句英文怎麼說？

那是意外。

It was an accident.

莫莉出現在廚房外面。

「喲，莫莉，妳好嗎？」文尼說，伸出一隻大手揉了揉她的頭髮。他和強尼都笑了起來。

「我剛剛才梳好的。」莫莉不滿地說。

「現在看起來很棒啊！」文尼說著用手指頭彈了一下莫莉的鼻子。

「噢！你這個渾蛋。」莫莉在文尼肩膀上用力地打了一拳。

他對她笑笑：「嘿，我們不要打架，今天可是伊安的生日呢！」他用兩隻手亂揉她的頭髮。

強尼推開他們走進廚房。「哇，蛋糕！」他喊道，從托盤上拿起一個，一口就塞進嘴裡。

「好吃嗎？」文尼問道，然後一掌拍在他哥哥背上，一大塊杯子蛋糕從強尼嘴裡飛出來掉在地板上，兩個男孩兒一哄而笑。

「你們兩個都是流氓！」莫莉說。

文尼抓起一塊蛋糕，咬下糖霜，再將其餘部分放回托盤上。

這句英文怎麼說？

莫莉翻了個白眼。

Molly rolled her eyes.

巴爾克太太把托盤從男孩兒身邊移走，放到早餐桌旁，說：「蛋糕留到晚點兒再吃吧！我還幫伊安準備了巧克力冰淇淋蛋糕，那是他的最愛。」

「我討厭巧克力，它會讓我拉肚子。」文尼說。

莫莉翻了個白眼：「感謝分享。」

伊安回到廚房，其中一個鼻孔裡塞著一團衛生紙。他決定強迫自己保持好心情，別去在意臉上被打了一拳這件事。

他真心希望今天能跟表兄弟們好好相處。

「你們最近有什麼事嗎？」他問道。

「強尼在學校遇到了點麻煩……」文尼邊說邊拍拍他哥哥的肩膀：「他偷東西被抓個正著，你能相信嗎？」

巴爾克太太倒抽了一口氣：「偷東西？真的嗎？強尼？」

「沒這回事兒！」強尼堅稱，「我沒有偷那個女孩子的 iPad，我是用借的。我猜是我問她的時候，她沒聽到。」

巴爾克太太瞇起眼睛看著文尼說：「文尼，這很嚴重，你怎麼還能嘻皮笑臉的？」

文尼聳了聳肩：「我只是覺得好笑而已，妳知道，這件事還滿有趣的。」

「不，那才不有趣。」巴爾克太太邊說邊轉向強尼：「所以是怎麼一回事？」

「沒什麼大不了的[3]。」強尼回答道。他迴避巴爾克太太的眼神：「我把東西還回去了，都沒事了。」他狠狠地瞪了文尼一眼：「我們一定要講這件事嗎？」

文尼舉起雙手讓步：「好啦，好啦。我就只是說說而已……」

強尼開始打開櫥櫃門：「玉米片在哪兒，漢娜阿姨？」

「我本來打算留到午餐再吃。」她回答。「不如你們三個人在我準備的時候，去玩電動遊戲？」

強尼抓起另一個蛋糕塞進嘴裡。

「我不想和他們玩。」莫莉說。「他們都作弊。」

「我們沒作弊，是妳技術太爛。」文尼說。

「文尼，這麼說很不好。」巴爾克太太斥責道。

「如果你不作弊的話，我就可以打敗你！」莫莉正色道。

這句英文怎麼說？

文尼舉起雙手讓步。

Vinny raised both hands in surrender.

文尼又用手指彈了莫莉的鼻子。

「噢！」

巴爾克太太嘆了口氣：「莫莉，妳留在這裡幫我準備三明治。你們三個，離開這裡，去樓上玩電動吧！」

伊安從鼻子裡拉出衛生紙，問：「媽，我的鼻子有腫起來嗎？」

「好像有一點。」

「那是意外，眞的。」強尼說著轉過身，和弟弟一起跟在伊安身後走出廚房。

當他們的身影消失在樓梯盡頭，莫莉揉著發疼的鼻子說：「我眞的超級討厭他們兩個。」

「是啊，他們眞的不好相處。」媽媽附和道。「但是，就像我之前所說的，他們的日子不太好過，而且妳只有這兩個表哥，所以……」

莫莉翻了個白眼，說：「我知道，我知道，所以我們必須對他們好。可是，爲什麼他們就不能像個文明人？」

巴爾克太太沒有回答，開始從冰箱裡取出食物。莫莉找到漢堡包，開始將它們鋪在大盤子上。

屋子裡安靜了至少五分鐘。

接著莫莉和巴爾克太太聽到響亮的尖叫聲，頭上的天花板傳來重物落地的聲音及重擊聲。

一聲巨響震動了天花板的燈，接著是更多憤怒的喊叫聲。

「樓上發生了什麼事？」莫莉邊叫邊和媽媽一起往樓上跑。

4.

當她們跑到伊安的房間，尖叫聲也越來越大。

「發生了什麼事？」巴爾克太太大聲問道。巴爾克先生也從地下室跑了出來，就站在臥室門口。

「我們在玩摔角。」伊安搖著頭如實說道。「強尼和文尼正在玩『拿不到電動搖桿』。」

「哎呀，別只是站在那裡，喬治，阻止他們！」巴爾克太太喊道：「嘿，小伙子們，拜託，別打了。不准打架！」

強尼坐在伊安身上，利用龐大的身體壓制伊安的胸部，文尼用一隻手揮舞著

這句英文怎麼說？

不准打架！
No fighting!

搖桿。伊安伸手對著它猛抓，但沒抓到。

巴爾克太太對他們大吼大叫時，三個男孩都轉過身來。

「伊安是個混蛋。」強尼說。

「走開，你這個肥豬！」伊安大聲說。他使盡全力推著強尼：「我沒辦法呼吸了。」

「伊安，不要在你生日這天罵人。」媽媽責備他。

「我早就說過他們是野獸。」莫莉說。

「妳不是動物，」文尼對她說。「妳是一隻昆蟲。」

「她不是昆蟲，」強尼在一旁插嘴，「她是幼蟲。」

「你們到底有什麼問題？」伊安的父親生氣地說，「就不能相安無事地玩電動嗎？」

強尼終於放開伊安，說：「伊安比賽不老實。」

「說謊！」伊安邊揉著被壓到的肋骨邊回道：「他們是騙子，他們想要玩兩次。」他伸手去抓遊戲手把，但是文尼把它扔給在房間另一頭的強尼。

「我們家裡沒有電動。」文尼解釋道。「所以我們應該玩兩次。」

「這太可笑了！」伊安說。

三個男孩立刻又大聲爭吵起來。巴爾克先生走到房間中央，說：「我知道了，不如我們下樓去拆生日禮物吧。」

伊安的媽媽嘆了口氣：「希望你們不會又爲了禮物吵起來。」

男孩們勉強同意了，只是文尼仍然不放棄：「但是強尼和我還是可以再玩一輪電動。」

幾分鐘後，他們聚集在客廳送禮物給伊安。強尼和文尼躺在沙發上，強尼從咖啡桌上的碗裡抓起一把花生，一個接一個地扔進嘴裡，沒丟準的那些都掉到地毯上。

莫莉坐在壁爐旁用雙手拉直頭髮，伊安則是跌坐在地板上。

伊安的父親遞給他一個用紅白色相間的紙包著的盒子，說：「這是文尼和強尼送的。」

「這是有史以來最好的禮物。」文尼說。

這句英文怎麼說？

伊安比賽不老實。

Ian won't play fair.

「如果你不想要，我們會把它收回去。」強尼補充道。

伊安撕開包裝紙：「嘿！酷！星際大戰機器人！」

「這是 BB-8。」強尼說。「它可以遙控，超級棒的。」

「它可以四處走動，你還可以讓它說話。」文尼說。

伊安動手打開盒蓋，「嘿，盒子被打開過。」他抬起眼睛看著他的表兄弟。

「哦，對啊！」文尼聳了聳肩說，「帶它來之前，強尼和我在家裡玩了一會兒。你懂的，我們先幫你測試了。」

伊安定睛看著文尼：「測試？」

「抱歉，它有點刮痕。」強尼說。「希望我們沒有消耗太多電力。」

伊安說：「喔……它滿酷的！謝啦，伙計。」

伊安的爸爸出現了，手上提著一個長形的黑色皮箱，它比吉他盒還大，破舊又斑駁，看起來有些年代。巴爾克先生臉上掛著滿意的笑容對伊安說：「我覺得這個禮物會讓你驚喜，你想要它好一陣子了。」

伊安把箱子放在地板上。箱子上面布滿了灰塵，聞起來有點陳舊。伊安先打

這句英文怎麼說？

它有點刮痕。

It got a little scratched.

開鎖扣，蓋子很沉重，不太容易掀開，必須用雙手用力推才行。

箱子裡是一個睜大眼睛的人偶在對他咧嘴笑。一個腹語術木偶。木偶有一顆碩大的頭，頭部塗有深棕色的頭髮，一雙大又黑的眼睛。他尖尖的木頭鼻頭上缺了一小片，笑嘻嘻的嘴巴被漆成鮮紅色。

他穿著一身老舊的灰色西裝，白襯衫衣領上有污漬，紅色的領結歪歪斜斜的，腳上的棕色皮鞋也磨損了。

「哇！」伊安驚呼道。「哇，一個真正的木偶！爸，你知道我這麼多年來一直想要一個。」

伊安的爸媽都笑得很開心。

「哇，這個傢伙有點難看。」伊安說。「我的意思是……他看起來像個壞男孩。他的臉看起來就好像他很……邪惡。」

巴爾克先生伸出手，幫伊安從箱子裡抬起木偶，說：「他的名字是史賴皮。這個木偶有一個有趣的故事……」

5.

伊安把木偶抱到膝蓋上。強尼跳下沙發時，把花生碗從桌子上撞了下來，他伸出手去抓木偶：「可不可以讓我玩玩看？」

「不行。」伊安把木偶甩到強尼搆不到的地方。「安靜！讓我爸好好說故事。」強尼嘀咕了幾句後癱倒在沙發上，和他弟弟互撞了一下肩膀。文尼從地板上抓起一些花生塞進嘴裡。

「爸，是什麼故事？」伊安問道。

巴爾克先生伸手將木偶的頭左右轉動，說道：「哦，有人把史賴皮送來修理。他的眼睛壞了，頭部幾乎要脫落，夾克背部破成了碎片。」

這句英文怎麼說？

他是一個二手木偶。
He's a used dummy.

「所以他是一個二手木偶？」莫莉問道。

「噢，我覺得他曾經有過很多任主人。」爸爸回答道。「史賴皮的年紀比他看起來要年長得多。」

「如果他是別人送給你修理的，那你爲什麼要留下他？」伊安問道。

「這就是最奇怪的地方。」巴爾克先生回答道。「木偶主人沒有留下地址。」

「眞奇怪！」伊安低聲說道，把木偶移到他的另一條腿上。

「這是個珍貴的木偶。」他的父親說。「我以爲他的主人只是忘了告訴我要把他寄回哪裡，所以我盡我所能地修好了史賴皮。我把他收在壁櫥裡，然後等待。我等了一年，希望有木偶主人的消息，但是……什麼都沒有。」

「他們沒有寫信給你？」伊安問道。

他爸爸搖了搖頭。

文尼笑著說：「也許他們不想讓他回去。」

「也許是因爲他太醜了。」強尼補充道。

巴爾克先生搔搔腦袋，說道：「你問倒我了④。不管怎樣，他是你的了，伊安。現在你可以練習怎樣不動嘴唇卻能讓他開口說話，你可以和他一起表演一齣喜劇。」

「嘿，謝謝爸爸。」伊安說。「看看他的眼睛。我喜歡他盯著你看的樣子，看起來好逼真。」

強尼再次從沙發上跳下來，往前飛撲抓住史賴皮的胳膊：「來嘛，讓我玩一次！」

「饒了我吧⑤！」伊安說。「我都還沒有玩過。放手，強尼！」

「我只是想試試看。」強尼絲毫不讓步。「就只是一下子，拜託，你這個混蛋。」

「所有人都不准罵人！」巴爾克太太厲聲說道。「我是認眞的！」

強尼用力拉扯著木偶的手臂，伊安則緊緊地抱著史賴皮的腰，他們就這樣進行了短暫的拔河比賽，直到巴爾克先生上前走向他們。

「放手，強尼！」他說。「你要把他弄壞了，我才剛修好的。」

「不公平！」強尼還是不肯放棄。

這句英文怎麼說?

你要把他弄壞了。

You're going to wreck him.

「就讓伊安一次。」巴爾克先生堅持說。「他之後會讓你玩一次。是吧，伊安？」

「我不要。」伊安說。

強尼握緊拳頭，跺腳走回沙發去。他從地板上抓了一把花生，然後一個一個扔向伊安。

伊安不理他，把木偶抬高放到膝蓋上，將一隻手放在他背上，問道：「這要怎麼弄，爸爸？怎麼讓他的嘴巴動？手是從這裡伸進去嗎？」伊安指著木偶背後的一個開口問。

巴爾克先生點點頭。

伊安把手伸進了開口……然後史賴皮放聲尖叫：「別這樣，你這個笨蛋！我很怕癢的！」

6.

強尼和文尼都大叫起來。莫莉嚇得大口喘氣，用兩隻手摀著臉，巴爾克太太驚訝地睜大了眼睛。

伊安哈哈大笑：「是我在說話，不是木偶。你們眞的以爲是木偶在尖叫嗎？我一定是個很棒的腹語師！」

巴爾克先生拍了拍伊安的肩膀：「非常好。剛剛實在太有趣了，你一定要幫史賴皮編一個角色個性。」

莫莉建議道：「惡毒的木偶。眞的，你看他一臉壞笑的樣子。」

「我也討厭妳的笑容，香腸嘴！」木偶用尖細的聲音叫道。

這句英文怎麼說？
等一等。
Hold on.

莫莉氣沖沖地在伊安背上捶了一拳。

「嘿，是妳說要讓他有惡毒的個性的！」伊安抗議道。

莫莉翻了個白眼：「你是笨蛋，伊安！」

「等一等，莫莉，我也有禮物給妳。」巴爾克先生說。「我每次都會在伊安生日那天送妳一個禮物，不是嗎？這樣妳就不會感覺被冷落了。」

「我的禮物呢？」文尼抱怨道。

巴爾克先生消失了幾分鐘，等他回來的時候，帶著一個用銀色紙包著的長盒子。他把盒子遞給莫莉，後者馬上把包裝紙撕開。她從盒子裡取出一個高大的老式洋娃娃。娃娃有一頭紅髮和漂亮的粉色臉蛋，紅色的斗篷之下是一身藍色的舞會長禮服。「哇！她好漂亮。」

「這是一個非常老的佩西人偶。」爸爸說。「這些人偶在一九三〇年代很受歡迎，我認爲這很適合讓妳拿來收藏。」（譯註：Patsy doll。1920年代晚期由人偶設計師伯納德．立佛特所設計的洋娃娃，外型是仿照三歲幼兒。）

「噢，謝了，爸爸，我好喜歡她。我應該給她取什麼名字呢？」莫莉說。

「叫『小飛象』怎麼樣？就跟妳一樣。」強尼建議道。他和弟弟嘻鬧了一陣，還互相碰了碰拳頭。

「我要把她命名爲艾比蓋兒。」莫莉說道。

巴爾克太太說：「艾比蓋兒。我喜歡。這是一個很復古的好名字。」

「很棒的禮物。」伊安說完就抱著史賴皮的腰站了起來。

「美食時間！美食時間！」文尼高呼著，和哥哥從沙發上跳起來，直接跨過撒了一地的花生。

文尼一把抓住史賴皮說：「輪到我了。」他抓著木製的手臂用力拉扯。

伊安試圖甩脫他：「放開，文尼！」

文尼再次用力一扯……

史賴皮的手被扯斷了。

「你這傢伙！」伊安尖叫道。

文尼目瞪口呆地看著他手上的假手往後退：「我是不小心的。你也看到了，是意外。」

「你會發生意外。」史賴皮喊道：「你的臉就要撞上我的拳頭了！」

文尼低吼著走向伊安。

「不是我說的！是木偶說的！」伊安驚呼道。

大家都笑了。

太荒謬了。

這句英文怎麼說？

輪到我了。

My turn.

我是史賴皮，男孩和女孩們。

你不得不佩服文尼，他完全知道該怎麼毀了生日聚會。

文尼和強尼絕對是你想要……遠離千里的表兄弟！哈哈哈！

當然，我能夠理解男孩們會爲了爭奪我而打架。如果我不是我，我也會爲我而戰！哈哈哈哈！我太開心、太可愛、太史賴皮！哈哈哈！

我不喜歡莫莉說我看起來很惡毒，那不是事實。我身上沒有一塊卑鄙的骨頭，因爲我根本沒有任何骨頭！

但是，聽我說，讀者們：我是個好人，如果你不相信我，我會一拳打在你臉上！哈哈哈！

總之，我想伊安和我應該會變成好朋友，他可是等了很久才得到我呢！實際上他等了三年，但是我值得等待！他開始對腹語術人偶感興趣是在九歲生日。讓我們回到過去，回到三年前伊安生日那一天，你就會明白事情是怎麼發生的……

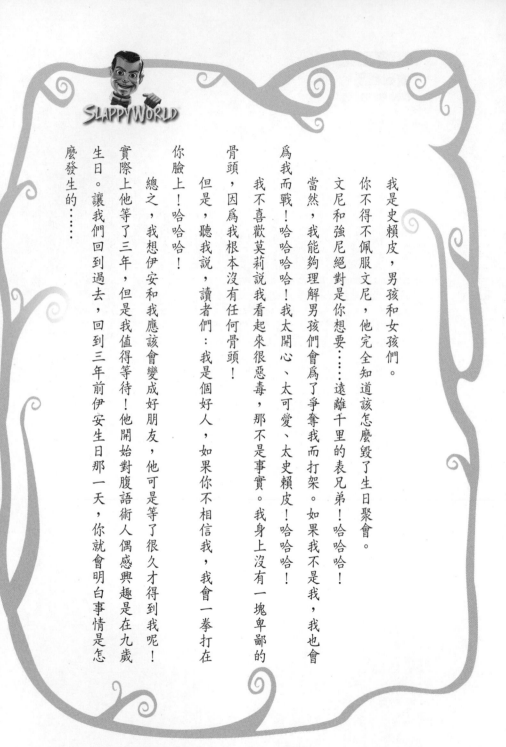

7.

這句英文怎麼說？

我已經猜到了。
I already guessed it.

「我們要去哪兒，爸爸？」伊安問道。

巴爾克先生把車門打開，說：「坐進去就是了。這是個生日驚喜，如果我告訴你了，又怎麼算是驚喜呢？」

伊安坐進副駕駛座開始繫安全帶，他對爸爸笑了笑說：「我已經猜到了。我們要去查爾斯頓的電玩錦標賽。」

「錯。」

巴爾克先生在車道上倒車，然後朝高速公路駛去。

「海洋世界？」伊安繼續猜著。「我們去年去過了，記得嗎？莫莉當時還對鯊魚做鬼臉。」

「不是海洋世界。」伊安的爸爸說，「不是你曾經去過的地方。你想要冒險對吧？你跟我說過你想要來一次冒險的。」

那是一個春光明媚的早晨，陽光在擋風玻璃上舞動著，沿途樹木上青翠的葉子閃閃發亮。

「拜託，爸，告訴我吧！」伊安不死心道。「今天是我的生日，而且你知道我討厭被吊胃口。」

巴爾克先生輕笑說：「你愛死了，不然你不會讀那些恐怖故事，看那些嚇人的電影，還有玩那些奇怪的電動遊戲。」

伊安翻了個白眼：「爸……」

「好吧，好吧。」巴爾克先生說道，因爲紅燈而減速：「我要帶你去人偶博物館。」

「嗯？」伊安驚訝得張大了嘴。「你在開玩笑吧？就像『我超喜歡人偶』的笑話一樣。」

這句英文怎麼說？

我討厭被吊胃口。

I hate suspense.

「相信我，伊安。它跟我之前去拜訪過的所有古董人偶都不一樣。」

伊安擺弄著安全帶：「現在就讓我下車吧！」

「你眞會說笑。現在坐好，放輕鬆。」爸爸說。「難道我還會帶你去你不喜歡的地方？」

伊安輕聲抱怨著：「它到底在哪裡？」

「它就藏在一大片森林的邊緣，叫作『小人城堡』。要進去很難，我試了好多年，因爲經營它的人個性非常怪異。我想，你跟我應該都會玩得很盡興。」巴爾克先生說道。

伊安翻了個白眼，說：「無聊。」

伊安等一下就不會這麼想了。

到小人城堡參觀跟「無聊」差了十萬八千里，因爲這趟冒險的結果簡直是……嚇死人了。

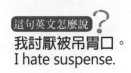

8.

幾個小時後，巴爾克先生把車開進了寬闊的柏油停車場。伊安從擋風玻璃望出去，一片陰影漫過來籠罩了整輛車子。

小人物城堡的影子。

「爸爸，它應該沒開吧！」伊安說，「這裡只有我們一輛車。」

「是，它今天沒開，但我和老闆約好了。」伊安的爸爸回答道。

伊安盯著這個陰暗的石頭城堡，它有兩座尖塔、一排排黑色的窗戶，和鋪著黑色瓦片的傾斜屋頂。這個宏偉的建築物比樹林還高聳，就像個巨型生物隨時準備跳出來守護它背後的森林。

這句英文怎麼說?

它看起來像個鬧鬼的房子。

It looks like a haunted house.

「它……它看起來像個鬧鬼的房子。」伊安結結巴巴地說道。

巴爾克先生笑了笑：「我說過這是你喜歡的那種地方。」

下車後，伊安打了個冷顫，因爲空氣突然變冷了。

「爸爸，這裡沒有人，整個城堡都暗暗的……」他說道。

爸爸說：「別這麼緊張，等一下你就會看到一些很棒的作品。」

城堡正門比他們頭頂還高出許多，凸出門中央的是一個黃銅門環，巴爾克先生用它叩了三下門。

幾分鐘後，沉重的大門嘎吱作響地開了，出現在門口的人讓伊安不禁倒抽了一口氣。

那是個巨大的木偶！

不！他花了幾秒鐘才意識到，他正盯著的，其實是個戴面具的高個子男人。他戴著一個橡皮嬰兒面具。面具頂部是金色的捲髮，玫瑰粉色的臉頰配上噘嘴微笑的紅唇。

戴面具的男人走上前。他穿著一身黑，肩上還披著長長的黑色斗篷，面具之下是一雙銀灰色的眼睛。

「那雙眼睛就像金屬一樣。」伊安心想。

「歡迎來到我的城堡。」他用柔和的聲音輕聲說道，「我是克勞斯曼博士。」

「謝謝你在博物館關館時接待我們。」巴爾克先生說，「這是我兒子，伊安。」

嬰兒面具上下點頭：「請進。原諒我戴著面具，恐怕我的臉看起來無法讓人愉悅。事實上它會讓人做噩夢，所以我不讓小孩看到我的臉。」

伊安盯著面具，試圖想像克勞斯曼博士的臉是什麼樣子。它會有多難看？真的難看到會讓人做噩夢？或者，城堡主人只是在開玩笑……想營造神祕感？

伊安和爸爸跟隨戴面具的男人進入寬闊的前門玄關，牆上閃爍的火把提供了昏暗的光源。有兩條長廊朝不同的方向延伸出去，兩個長廊的入口處都有手持戰斧的銀色盔甲武士守衛著。

伊安打了個哆嗦，城堡內的氣溫比外面還低。他聽到遠處傳來一陣刺耳的吱吱聲……是蝙蝠嗎？

克勞斯曼博士領著他們往左手邊的長廊走去。沿著走道的兩面牆上都是玻璃

這句英文怎麼說?
伊安打了個哆嗦。
Ian shivered.

陳列櫃，明亮燈光照射下的陳列櫃中，全都是人偶——置身不同布景的人偶：叢林中的卡其裝人偶、船上的水手服人偶、豪華舞廳裡的舞會禮服人偶……光耀炫目的陳列櫃讓長廊跟白天一樣明亮。這些人偶或單獨或三、四個一組，它們睜大了眼睛，笑容燦爛。

克勞斯曼博士說：「由於我自身很醜陋，所以我用美麗包圍著自己。」他調整了一下臉上的嬰兒面具，緩步帶著他們經過一個又一個的陳列櫃。

「有些人偶是我從來沒看過的。」巴爾克先生說，「它們一定很稀有，而且非常值錢。」

「我希望你來這裡不是因爲想買它們。」克勞斯曼博士悶沉的聲音自面具之下傳出。「這些人偶是我的家人，我不能賣掉家人。」

「伊安和我只要能欣賞一番就很高興了。」巴爾克先生說。

他們拐過一個轉角，這條走道上的人偶比較老舊。

「其中一些有三百年的歷史了。」克勞斯曼博士解釋道。

「而且保存狀態都很完美。」巴爾克先生補充道。

「比完美更好。」克勞斯曼博士說。「我賦予了它們生命！」

「他這麼說是什麼意思？」伊安疑惑地想道，忍住打哈欠的衝動。不過就是一堆老舊的人偶，了不起喔！

他心想：爸爸應該帶莫莉來。

六歲大的莫莉甚至已經有自己的人偶收藏。

克勞斯曼博士停下腳步，傾身向著伊安，銀色的眼睛從那張嬰兒臉後面窺視著。「伊安，我能讀到你的想法。」他低聲說道。

「嗯？」伊安的心開始怦怦跳，不知道該說些什麼。這個俯視他的高大男人，用那張玫瑰色的嬰兒臉和奇怪的雙眼盯著他……

「我們還要在這裡待多久？」他心裡嘀咕著，並且希望克勞斯曼博士不是眞的會讀心。

「跟我來。」克勞斯曼博士說，示意他們往另一條長廊走。「我有一些我相信伊安會很愛的東西。」

他們的腳步聲迴盪在堅硬的大理石地板上，途中經過一個裝滿人偶頭的大玻璃櫃，裡面的頭一個個堆疊著，眼睛都望向玻璃外。

巴爾克先生停下來欣賞，說：「我認得其中一些。」他指出：「那一個非常罕見，非常值錢。」

「我喜歡漂亮的面孔。」克勞斯曼博士輕聲說道。「我的臉太醜了，連我母親都不忍直視，不過這些面孔都很可愛。」

伊安又聽到遠處有刺耳的亂糟糟叫聲。「如果克勞斯曼博士喜歡漂亮的人偶，為什麼要把它們留在這個讓人毛骨悚然的城堡裡？」伊安再次希望這個男人無法讀懂他的想法。

克勞斯曼博士推開長廊盡頭一扇沉重的木門，示意伊安先進去。伊安跨進一間黑暗的大房間，裡面的空氣聞起來陳腐又潮濕。

天花板上巨大的水晶吊燈亮了起來，伊安在明亮的白光下眨了眨眼睛，等到他能看清楚時，只見有人靜靜地坐著。數十個相貌奇怪的人僵硬地坐在扶手椅上，茫然地凝視前方……

「伊安，你覺得怎麼樣？」

這句英文怎麼說？

我能讀到你的想法。

I can read your mind.

伊安感覺到克勞斯曼博士的手放在他的肩膀上。當他的眼睛適應光線後，坐著的人影變得更加清晰——它們都是腹語術的木偶，一整個房間都是。有的坐在沙發上，有的擠在寬大的扶手椅裡，後面的牆上還有幾十個木偶並排站著，似乎張大了眼在瞪著他。玻璃眼珠、畫上去的五官、醜陋的笑容，有的頭髮亂糟糟地豎起，或是伏貼在頭頂上。

「我的腹語人偶收藏。」克勞斯曼博士說。「伊安，你有刮目相看嗎？」

伊安點點頭：「它們太棒了，實在有夠詭異的！」

「它們是我的朋友。」克勞斯曼博士說。「你想試試嗎？」

伊安瞥了爸爸一眼。巴爾克先生正逐一檢視著那些木偶，頻頻點頭讚賞。

「哇嗚，酷。我眞的可以試試看？」伊安說。他跟隨克勞斯曼博士來到前排的扶手椅上，人偶收藏家從椅子上取下一個木偶。

這個木偶的頭上畫著黑色的頭髮，眼睛是深褐色的，臉上掛著狡猾的笑容，一顆大門牙從嘴裡凸出來。

木偶穿著藍色的牛仔布連身工作服，裡面是一件紅黑色相間的法蘭絨襯衫。

這句英文怎麼說？

伊安，你有刮目相看嗎？
Ian, are you impressed?

「這是農夫喬。」克勞斯曼博士介紹道。他示意伊安坐下，然後把木偶放在伊安腿上。「你知道怎麼操控嗎？」

還沒等伊安回話，他就把伊安的手推進木偶背上的開口。伊安摸索著，直到找到控制的零件。

「來吧，試試看！」克勞斯曼博士說，「試著在不移動嘴唇的情況下，讓它開口說話。」

伊安試著讓木偶的嘴巴上下移動。「這好酷！」他說。

「伊安一直很喜歡木偶。」巴爾克先生說。「還記得你小時候那些傀儡小丑嗎？」

伊安點點頭，小時候他會花很多時間用木偶表演傀儡秀。他把木偶放在膝蓋上，然後發出一個滑稽的聲音：「我是農夫喬，我現在要給豬擠奶了！」

伊安爸爸和克勞斯曼博士都笑了。

「非常好，伊安。」克勞斯曼博士說，「你可以隨意探索這個房間。拿你想玩的木偶起來玩玩看。」接著轉向巴爾克先生：「我帶你去看些有意思的東西……」

伊安繼續練習讓農夫喬的嘴巴上下移動。他移動手指，直到找到控制木偶眼睛的零件。經過幾次嘗試後，他已經可以讓木偶眨眼了。

「我是農夫喬。」他緊閉牙關，試著不移動嘴唇地說話。「你在盯著誰看？你是因爲我需要看牙醫而盯著我嗎？」

他又練習了幾分鐘，然後把木偶放回椅子上去試玩另一個木偶。這個木偶穿著燕尾服、白色襯衫，打著領結，頭上戴著一頂黑色大禮帽，腳上是閃亮的黑色皮鞋。

「我是花花褲先生。」伊安給它一副低沉、嘶啞的嗓音。「我喜歡抽雪茄，但是點燃雪茄非常危險，因爲我的頭是木頭做的！」

伊安自己忍不住笑了起來。「這些木偶比傀儡木偶更有趣。」他自言自語道。「你還眞的可以讓它們變得好像活生生的樣子。」

接著他又試了一個有著金色辮子和藍色大眼睛的木偶，他用妹妹的名字「莫莉」爲她命名，並給她一副刺耳、尖細的嗓音。伊安左顧右盼，數十個木偶——

這句英文怎麼說？
他突然感到有些緊張
He suddenly felt tense.

每個都不一樣——都直直看著前方。

「太酷了！」他喃喃道。

他轉身面向房門的方向，把名叫莫莉的木偶放在抖動的大腿上：「嘿，爸……看看這個。」

一片安靜，沒人回話。

「嘿，爸？」伊安站起身來，環顧著房間。

「爸，你在哪兒？」他放下木偶朝門口走了幾步。他突然感到有些緊張——他的喉嚨緊縮，手心發冷。

「爸？你離開了嗎？你沒說要走呀！爸？」

他知道他不應該感到害怕，但是他控制不住。

雖然這些木偶都非常有趣，可是他真的不想和這麼多木偶一起被留在這個房間裡。

「爸？爸爸？」他喊道，聲音顫抖著。

他向門口走了幾步。

接著，他感覺到身後有些動靜。

他及時轉身，剛好看到木偶們轉動頭部。

房間裡所有的木偶都仰起頭，張大嘴開始大笑……

9.

伊安大口喘氣，難以置信地看著數十個咯咯笑的木偶。木偶的嘴巴嘎嘎作響，像是在發出邪惡的笑聲。伊安被嚇到逃也似地低著頭快步跑開。

伊安用雙手推著房門，門卻文風不動。

他瘋狂地用力拉門，最後終於打開了。

伊安逃進光線昏暗的長廊。他發現自己站在走道的底端，便試著瞇起眼睛，想在暗沉的光線下看清什麼。他呼喚著爸爸：「你在哪兒？你能聽見我嗎？」他的聲音從石牆上迴盪開來。

這句英文怎麼說？

你能聽見我嗎？
Can you hear me?

一片安靜，沒人回話。

「爸，你在哪兒？」

唯一的聲音是他自己的和心臟怦怦跳的聲音。

他強迫自己移動雙腿，開始在長廊中間小跑步。這條長長的走廊沒有門或窗戶，也沒有明亮的展示櫃，兩旁都是堅實的灰色牆壁。他覺得自己彷彿正在穿越一條無止盡的隧道。

伊安在長廊轉彎處停下腳步，發現自己來到了一個擺滿人偶的長長走道裡。

「爸，你在這裡嗎？」

這些人偶從它們的玻璃櫃子裡盯著他瞧。一個櫃子布置成奇異的森林場景，塞滿了長著熊臉的人偶——穿著西裝和連衣裙並用兩隻腳站立，但它們的臉毛茸茸的，還長著熊鼻子。另一個櫃子是天使在無雲的天空中飛翔，它們有薄薄的翅膀，頭上還有著光暈。

「爸？嘿……你能聽見我嗎？」

伊安的身體因為用力奔跑而感到疼痛，於是他放慢腳步沿著長廊走著，到了

這句英文怎麼說?

克勞斯曼博士帶著我們四處參觀。

Dr. Klausmann was showing us around.

下個轉角，又是一條走道。他停下步伐。

「也許我應該回頭……我應該在那間腹語木偶的房間等爸爸。可能現在他已經回去那裡，以為會在那裡找到我。」

只是伊安很快就意識到，自己已經被搞得暈頭轉向徹底迷路了。他站在這個陌生走道的中間，從這一邊看向另一邊。要走哪條路？到底要走哪條路？

他又開始走著，然後在長廊盡頭停了下來。伊安看見一間燈火通明的玻璃辦公室裡，一名年輕女子坐在一張桌子旁，正在用筆電打字，伊安看見她身後的牆上有古董人偶的海報，桌子旁邊的折疊椅上，坐著一隻大型的棕色泰迪熊。

這名女子有一頭棕色短髮，穿著深色襯衫和牛仔褲。她抬起頭看見伊安正盯著她，驚訝得張開嘴。

伊安走進門內。

「有什麼事嗎？」她問道，臉上的表情因警覺而緊繃著。「我們今天休息。」

「我知道。」伊安說。「我……我在找我爸爸。」

那個年輕女人仔細端詳著他，「你爸爸？」

「克勞斯曼博士帶著我們四處參觀，」伊安解釋。「然後我們走散了。」

她打量了他一會兒：「抱歉，請再說一次，是誰帶你參觀的？」

「克勞斯曼博士。」伊安回答道。

那個女人皺著眉頭看著他，「我很抱歉！」她說，「並沒有叫克勞斯曼博士的人在這裡上班。」

這句英文怎麼說?

這個博物館很不對勁。
There's something very strange going on in this museum.

10.

「不如你在這兒等著。」女人站起身來。「我會讓保全人員帶你到出口。」

伊安心想：「我必須先找到爸爸，這個博物館很不對勁。」

他轉過身拔腿跑回走廊。他聽到那個女人叫他站住，但是他沒搭理她，反而加速沿著長長的走廊跑下來，一路經過的人偶直盯著他瞧。

他氣喘吁吁地轉過一個彎道，就在那時，他看到遠處有個身影。因爲距離實在太遠了，伊安差點錯過他。

「爸爸？」伊安瞇起眼睛想看個清楚。

那個男人走得很慢，幾乎隱藏在白色天花板燈投射下的陰影中。他穩步緩慢

地走著，雙臂垂在身旁。

伊安等他走近到能看清楚的距離。一定要是他爸爸。一定。

但是，他爲什麼走得這麼慢呢？

「爸？我在這裡。爸爸？」伊安的聲音從牆面反彈，在走道上回響著。

他開始朝走近的人影小跑步過去，但是跑沒幾步就驚訝地停了下來。那個男人戴著嬰兒面具。

「克勞斯曼博士？」伊安驚呼道，聲音拔高又尖銳。

戴著面具的男人沒有回話，只是繼續緩慢穩定地朝伊安走去，就像是某種機器一樣。「或是像木偶一樣。」伊安心想。

「克勞斯曼博士，你有沒有看見我爸爸？」伊安大聲問道。

沒有回答。那個男人慢慢走近了，嬰兒面具在天花板燈的照射下散發粉紅色的光芒。

「他爲什麼不回話？」伊安滿心疑惑。恐懼猛然縮緊他的喉嚨，讓他僵立在原地。

這句英文怎麼說？

回答我

Answer me.

那個男人朝他走來，雙手垂放在身側。他的鞋子刮著大理石地板，步伐緩慢而穩定。

嫣紅嘴唇的笑臉嬰兒面具就在幾碼之外，但是恐慌讓伊安無法轉身跑走。然後，那個男人在距離伊安幾英吋的地方停步。

「克勞斯曼博士，我父親在哪裡？你能告訴我……」

沉默。

「拜託！」伊安喊道，「回答我，回答我呀！」

伊安絕望地大喊並舉起雙手。

他抬起雙手，撕開了面具。

他撕下面具盯著那個男人的臉，然後，伊安發出響亮的尖叫聲，叫聲迴盪在永無止盡的長廊中。

11.

「爸爸！」伊安叫道。「爸爸……你爲什麼不回答我？你爲什麼戴著面具？」

伊安爸爸的臉紅通通的，因爲戴著橡皮面具而汗涔涔。他看著伊安好一會兒，然後眼神一閃，臉上緩緩展開笑容。

「生日快樂，伊安！」他喊道。

辦公室裡的年輕女子出現在他們身後叫道：「生日快樂，伊安！」她向一位穿著黑西裝的年長男人揮手，說：「我是琳達，這是巴尼，由他扮演克勞斯曼博士。」

「生日快樂。」巴尼低聲說道。

這句英文怎麼說?

他看著伊安好一會兒。
He gazed at Ian a long time.

巴爾克先生拍了一下伊安的背，說：「嚇到你了吧！這就是你的生日冒險，伊安。喜歡嗎？」

「喜歡嗎？」伊安大聲說。「我……我嚇壞了！」

「成功！」爸爸邊說邊向巴尼和琳達豎起大拇指。「爲了計劃這個，我可是花了很多時間咧！」

伊安搖了搖頭：「哇！我是說，當那些木偶全部復活過來還開始大笑時，我整個嚇壞了。」

巴爾克先生轉向兩名博物館工作人員：「感謝你們抽空幫忙。」

「我能得到一個超棒的木偶作爲生日禮物嗎？」伊安問道。

「沒辦法。」爸爸回答。「那些木偶都是博物館的收藏品。也許有一天，你可以擁有自己的木偶。也許會有那麼一天……」

當他們轉身離開時，伊安看到巴尼銀色的眼睛有光一閃而逝。巴尼用克勞斯曼博士的聲音輕聲說：「要小心你許的願，伊安。要非常小心。」

我是史賴皮，各位。

有些人可能認爲，巴爾克先生幫伊安準備的生日驚喜實在太壞心了，畢竟他把這個可憐的孩子嚇得半死。

可是我卻認爲那很貼心。哈哈哈！

伊安眞的認爲，博物館裡那些木偶全都是活生生的？

我還眞沒聽過這麼瘋狂的想法！哈哈哈！

好吧，那可是伊安永難忘懷的生日，他永遠不會忘記自己有多麼喜歡操控腹語術木偶，以及用木偶來搞笑。

伊安回家後，在美勞課上自己製作了小人偶——用紙漿糊成頭部，用白手套當作手。他把人偶命名爲「柯基」，還想出了很多可以用柯基表演的笑話。

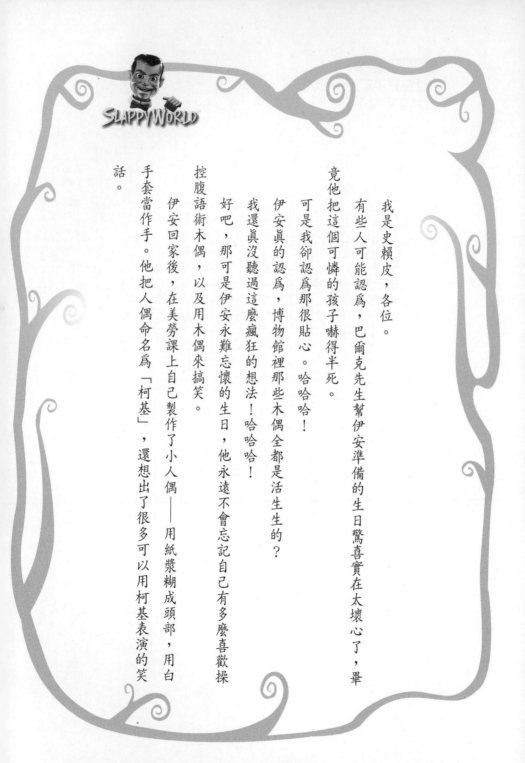

但是柯基的嘴巴並不能動，眼睛也是，頭還時常會脫落。總之，它跟眞的人偶不一樣，而且套在手上玩的偶戲也沒那麼有趣。

伊安曾經要求爸爸給他買一個木偶，但是巴爾克先生說木偶很貴又很難找。如今，三年後，在伊安的十二歲生日派對上，他終於擁有了貨眞價實的木偶——我！哈哈哈！

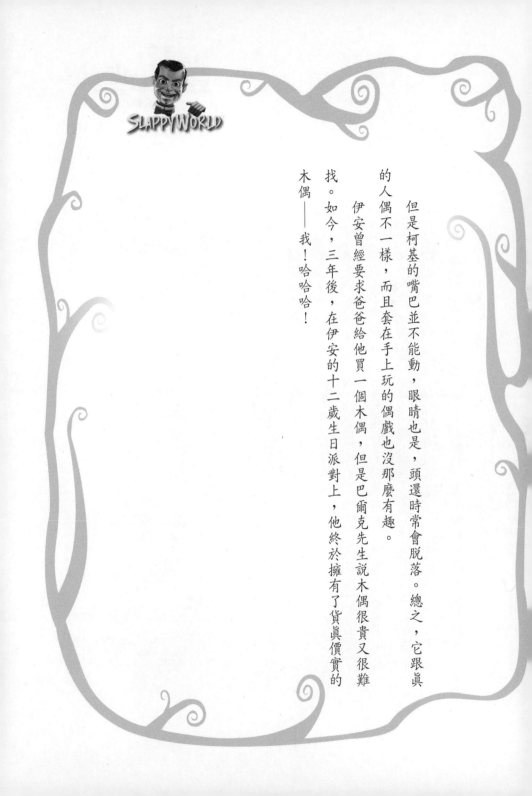

12.

伊安迫不及待地想用史賴皮來表演，畢竟他的生日願望就是成爲一名出色的腹語師（另一個願望是讓強尼和文尼回家去）。

現在，我們要來處理一條被扯斷的人偶手臂。

巴爾克太太走到廚房準備午餐，莫莉和她的洋娃娃一起不知道去了哪裡。三個男孩跟著巴爾克先生下樓到他的玩偶醫院，看他怎麼把史賴皮的手接回去。

當巴爾克先生把史賴皮攤放在工作檯上時，他的腦袋重重地磕在檯子上。

「他的頭實在好重，木偶師傅用了非常堅硬的木材。」爸爸說。

貨架上的人偶似乎都盯著他們看，小眼睛在天花板的明亮光線下炯炯有神。

這句英文怎麼說?

小心點!
Watch it!

文尼撿起兩條人偶的腿,用它們裝作走路的樣子越過桌子;強尼發現了一個高大的卡通人物玩偶,戴著紅色的面具和藍色的斗篷。他抓著它刺向文尼的肚子。

「嘿!小心點!」文尼抓住另一個玩偶。這對兄弟把它們當作劍,快速揮舞著打來打去。

「嘿,伙計們,那是我的東西。」巴爾克先生嘆了口氣說道。

「把它們放下,拜託。」巴爾克先生不輕易生氣,但是伊安看得出來他開始對這兩兄弟感到惱火了。

強尼最後用玩偶用力戳了弟弟的肋骨,然後才放下手上的東西。伊安看著父親把人偶手臂滑進夾克的袖子裡。

「嘿,看看這個!」從樓梯上傳來一個聲音。

伊安轉身看到莫莉抱著 iPad 衝進地下室。

「我查了一下……」她氣喘吁吁地說:「你相信嗎?史賴皮有專屬的維基百科頁面。」

「不要鬧了。」巴爾克先生說。「上面怎麼說？」

伊安看著他妹妹。莫莉喜歡查看東西。她隨身攜帶著 iPad，以便隨時跟大家分享訊息。她會幫收藏的每個人偶做筆記。她熱愛知道各種事實。

「這眞的很奇怪！」她邊說邊把視線移至在螢幕上。「上面說史賴皮不是由玩偶工匠或魁儡匠製造的，他是巫師製作出來的。」

「嗯？」強尼輕聲說。「妳的意思是像哈利波特那樣？」

「維基百科說有位魔法師在一百年前製作他，頭部是用棺材木雕成的。注意聽了……」莫莉用手指點了點螢幕，「那個棺材是偷來的，還被詛咒了，所以木偶也帶著詛咒。」

伊安仔細端詳著她。「我不懂，這是什麼意思？」

「意思是你完蛋了。」文尼回答道。「你被詛咒了，你死定了。」

兩兄弟再次咯咯地笑了起來。

伊安一直盯著莫莉。這是她編出來的嗎？他認爲這並不有趣。

「還沒完！」莫莉將注意力又拉回到螢幕上。「維基百科說，如果你大聲朗

這句英文怎麼說?

你完蛋了。

You're doomed.

讀六個魔法詞彙，史賴皮就會復活。」

伊安張了張嘴，他突然想起小人物城堡中發笑的木偶。當然，那些木偶並沒有活過來，那不過是騙人的把戲，但是想到它們還是讓伊安感到一陣寒意。

「魔法咒語！太棒了！」文尼喊道。「是哪些咒語？我們來試試吧！把那些咒語唸出來讓我們聽聽。」

莫莉咬著嘴唇瀏覽頁面。「這裡沒有寫。」她搖著頭說：「沒有，沒有魔法。這上面沒有寫出來。」

「很好。」伊安邊說，邊感覺脖子後面另有一絲寒意。「也許這件事很危險，也許他們沒有寫出來是因爲木偶很危險，不該被復活。」

「你瘋了。」莫莉對他說道。「你不會眞的相信木偶可以活過來吧？」

巴爾克先生扭了一下木頭手臂，然後又推又拉的。「接上了，都修好了。」他說。「手不會掉下來了，只是不要再用它來拔河。」

正當他要把木偶扶坐起來時，忽然有什麼東西從夾克的袖子裡掉了出來。「嘿，這是什麼？」一張折疊起來的紙條落在工作檯上。巴爾克先生正準備伸手去拿，可是強尼搶先了一步。

強尼展開紙張，瞇起眼睛看著它：「嘿，這一定是那六個奇怪的詞彙，是能讓他活過來的魔法詞彙！」

「強尼，不要！」伊安大喊道。「不要唸，我有點害怕。拜託，別唸出來！拜託！」

強尼低聲笑了笑，然後把那張紙拿近面前，逐字大聲唸出來：

「卡魯・馬里・歐朵那・洛馬・莫洛奴・卡拉諾！」

13.

伊安倒抽了一口氣。地下室一陣安靜，強尼的話似乎在空氣中縈繞不去。

所有人的目光都落在木偶身上。他仰躺在工作檯上，玻璃般的黑色眼珠茫然凝視著低矮的天花板，手臂無力地垂放在身體兩側。

伊安突然意識到自己屏住了呼吸。木偶會不會就要抬起頭來對他們說話呢？

文尼打破了沉默，對他哥哥說：「也許你沒唸對，讓我試試。」他從強尼手中拿走紙條。

但是在文尼還沒唸出第一個字之前，伊安從他那裡拿走了紙條，說：「我最好把它收在一個安全的地方。」

這句英文怎麼說？

文尼打破了沉默。
Vinny broke the silence.

「但是它沒有用。」文尼抗議道。「木偶完全沒動。」

巴爾克先生笑了笑說：「維基百科上的內容並非全是真的。」

伊安把紙條塞在工作檯的一角。他鬆了一口氣。他和幾個朋友曾經在網飛頻道看過一部恐怖片，講述一個腹語術人偶復活後用斧頭殺人。他知道那只是電影，但還是無法擺脫那種令人毛骨悚然的感覺。

伊安抱起木偶扛在肩膀上，說：「爸，謝謝你修好他。」然後向通往客廳的地下室樓梯走去。

其他人也跟著離開。莫莉撿起艾比蓋兒擺弄她的衣服，強尼和文尼從托盤上拿走杯子蛋糕狼吞虎嚥，根本沒有費心去咀嚼。

然後文尼伸手去抓史賴皮。「輪到我了。」他對伊安說。

「不行。」伊安說。「你已經弄壞他一次。」

他們開始爭吵，但是這時候前門打開了，文尼和強尼的爸爸出現了。「嘿，生日快樂，伊安。」他大聲說道。

「謝謝唐尼姨丈。」

這句英文怎麼說?

他鬆了一口氣。

He breathed a sigh of relief.

唐尼・哈丁跟他的兩個兒子長得很像。他是個臉色紅潤的大塊頭，一頭整齊的金色直髮，藍色的眼睛炯炯有神。他滿臉皺紋，表情總是讓伊安想到在馬戲團裡看過的傷心小丑。

哈丁先生穿著一套灰色運動服，衣服下面是鼓起的肚子，其中一隻褲管在膝蓋的地方裂開了。

「該走了，男孩們。」他告訴他們。「有穿夾克或是什麼的嗎？」

「沒有。太熱了。」文尼回答道。

「我們不想走。」強尼抱怨道。「我們沒有跟史賴皮玩過，而且我還餓著。」

巴爾克太太笑了：「唐尼，你沒餵這些男孩吃東西嗎？他們除了壁紙什麼都吃了！」

哈丁先生搖了搖頭：「我養了兩頭野獸，眞的是。」

巴爾克太太對文尼和強尼說：「你知道，下星期有家庭才藝表演，也許到時候你們就可以玩木偶了。」

文尼呻吟道：「又是才藝表演？一定要嗎？」

「不要抱怨。」哈丁先生說。「你知道我們每年都有一次聚會舉行才藝表演，這是早在你們出生之前，爺爺、奶奶就開始的一個很棒的傳統。」

「一個愚蠢的傳統。」強尼喃喃道。

「那是因爲你很蠢。」莫莉從房間的某個角落插話道。

「不要惹事，莫莉！」巴爾克太太厲聲說道。「妳的表哥們要回家了。」

文尼大步走到莫莉身邊。「你想要幹什麼？」莫莉問道。

「只是想說再見。」文尼回說，然後他突然抓住莫莉的人偶頭部向後折去。

「你弄壞她了！爸爸，他把她弄壞了！」莫莉尖叫說道。

巴爾克先生搔搔腦袋：「看起來很糟糕，不過我想我可以修好她。」

莫莉怒視著文尼：「你爲什麼要那麼做？」

「因爲她很醜。」文尼說。

「嘿，文尼。想談談什麼是醜陋嗎？」一個刺耳的聲音粗聲粗氣說道。

所有人都轉身看著史賴皮在伊安懷中動來動去。

「你的臉看起來像是我從鼻子裡拉出來的東西！」史賴皮喊道。

這句英文怎麼說?
我們走著瞧。
We'll see.

文尼氣沖沖地說：「伊安你這個混蛋，不好笑！」他衝向伊安，試圖從他手裡搶走木偶。

「孩子們！孩子們！」唐尼姨丈把文尼拉開。「我們走吧。別打了！」他領著文尼和強尼走到前門。

「你們男孩子想怎麼打就怎麼打。」莫莉對著他們喊話。「艾比蓋兒和我會贏得下星期的才藝表演。」

伊安竊笑說：「妳眞的認爲那個老玩偶可以和史賴皮競爭？妳瘋了。」

「我們走著瞧！」莫莉說。「走著瞧……」

14.

第二天晚飯後，伊安一寫完功課就拿起史賴皮開始練習。

他把手伸進人偶的背部裡動了動手腕，練習讓人偶點頭以及做嘴唇上下移動的動作。伊安的手在裡面摸索著，直到找到控制人偶眼睛來回滑動的零件，然後練習讓人偶的眼睛左右移動，直到熟練這個動作的操控為止。

接著伊安練習在不移動嘴唇的前提下，用尖銳的聲音說話。這比他想像中要難得多。他咬緊牙齒背誦字母，不過想不移動嘴唇而唸出「B」是不可能的，字母「M」和「P」也同樣地困難。

伊安心想：「現在我的喜劇表演只需要一些笑話。」但是在他開始之前，樓

這句英文怎麼說?

伊安打了個哈欠。

Ian yawned.

下響起了爸爸的叫喚聲：「睡覺時間到了，伊安。早餐見。」

伊安打了個哈欠。他想花更多時間和史賴皮一起練習，因爲家庭才藝表演只剩下幾天了，他希望準備周全。他又打了個大哈欠，這才意識到自己太累了，沒辦法繼續下去。

他把人偶拿到臥室的衣櫃裡讓他靠牆坐著，然後拿出睡衣換上。伴著臥室窗戶外面輕輕吹著的微風，伊安很快就睡著了。不久，他發現自己做了一個異常奇怪的夢。

伊安夢見文尼和強尼變成了腹語術人偶。在夢中，他們的頭是木頭做的，頭上畫著金色的頭髮。當他們的嘴巴上下開闔時，木頭嘴唇便發出喀喀聲。

他們的身形比史賴皮還要胖，寬大的手掌都戴著白手套。伊安的一條腿上坐著強尼人偶，另一條腿上則是文尼人偶。不知道怎麼回事，他能夠讓他們兩個同時說話。當伊安操控他們的頭部時，兩個人偶開始互相叫罵，接著開始打了起來。他們揮動手臂，用木頭手臂互相拍打。

伊安控制不住了。他無法阻止他們打架，於是兩個人偶從他的膝蓋上滑下來，開始在地板上尖叫著扭打。

伊安是笑醒的。多麼瘋狂的夢啊！他的兩個表兄弟看起來真蠢。

泛紅的晨光從臥室敞開的窗戶灑入，伊安聽到鳥兒在前院的樹上嘰嘰喳喳地鳴叫。

他眨眨眼趕跑睡意，準備爬起身來：「等等。」

衣櫃門是開著的。他昨晚沒有把它關緊嗎？

伊安整個人坐了起來，手臂在被子上撞到一團東西。

伊安轉身低下頭一看，一張笑臉回望著他——史賴皮的笑臉，就在他旁邊的床上。

15.

「他才沒活過來！這太瘋狂了，不可能！」

伊安把木偶推到床邊。史賴皮眼神茫然地凝視著窗外的陽光。伊安用手擠壓木偶的身體做測試。史賴皮根本沒有反應。

「不可能！他不是活的。」

伊安轉過身，腳才踏上地板，樓下傳來的尖叫聲就讓他嚇了一跳。是莫莉在尖叫嗎？

他急沖沖跑了起來，赤裸的雙腳踏著地毯，心臟怦怦跳動。他一次跨兩個階梯。又一聲尖叫聲。是從廚房傳來的。

這句英文怎麼說？
不可能。
No way.

伊安穿過客廳衝進飯廳，莫莉滿臉通紅揮舞著她的娃娃。爸爸雙手叉腰站在流理檯旁。

「怎麼了，莫莉？」伊安問道。

「你看她。你自己看！」莫莉尖叫道。

她把娃娃往伊安臉上揮去：「你很清楚怎麼了！」

當莫莉拿娃娃戳他時，伊安認眞地看了看。艾比蓋兒的頭又被往後擰了。

「伊安，你怎麼能這樣對你妹妹？」爸爸氣憤地問道。「我花了一個小時才修好這個娃娃的頭，你覺得把她的頭扭成這樣很有趣嗎？」

「但是……但是……」伊安急得說不出話。

「你知道這個娃娃有多珍貴嗎？」巴爾克先生問道。

「你怎麼可以這麼壞？」莫莉哭著說。「你是想要把艾比蓋兒的頭扭下來嗎？」

「怎麼會！」伊安喊道。「我沒有……」

這時巴爾克太太出現了，她正把睡袍上的腰帶繫好。「伊安，我們知道你想

這句英文怎麼說？

你怎麼可以這麼壞？
How can you be so mean?

贏得星期六的才藝比賽，但是你必須公平競賽。」

「可是不是我做的！」伊安尖叫道。「再說一次，不是我。我沒碰過莫莉的娃娃。」

「哈！」莫莉大喊。她把臉湊近伊安，然後又喊了一聲：「哈！」

伊安一臉嫌棄的表情，說：「妳的口氣聞起來像是吃了一隻死老鼠。」

「我不在乎！」莫莉喊道。「媽媽和爸爸他們又沒有扭娃娃的頭！剩下就只有你一個，伊安，所以不要再說謊了。」

「把娃娃給我。」巴爾克先生說。「我把她拿到樓下，看看能怎麼補救。我們要很小心，免得頭部整個被折斷。」

莫莉把艾比蓋兒遞給他。伊安看到他的媽媽正在用審視的目光看著他。他心想：「她看著我的樣子，就好像我是什麼犯人。」

然後他腦子靈光一閃。

突然間，伊安明白是誰扭了艾比蓋兒的頭。

16.

「是妳做的！」伊安對著妹妹高聲說：「是妳把娃娃的頭扭過去的！我就知道！」

莫莉轉過身，眼睛因爲震驚而張大：「啊？開什麼玩笑？」

「我知道是妳做的。」伊安說，並用手指戳她。

她跳離伊安身邊：「媽媽，妳摸摸看伊安的額頭，他一定發高燒了。聽著，豬頭，我爲什麼要弄壞自己的娃娃？」

「爲了要讓我看起來像壞人。」伊安說。「妳想讓爸爸、媽媽以爲是我做的，是我爲了要贏得比賽耍手段，所以妳才要弄壞自己的娃娃。」

這句英文怎麼說？

他一定發高燒了。

He must have a really high fever.

「騙子！」莫莉尖叫道。「你這個騙子！」

「停止，馬上！」巴爾克太太走到他們之間。「別吵了⑥。不要再互相攻擊了。聽到我說的話了嗎？」她搖了搖頭。「我們這樣怎麼撐到才藝競賽？究竟有什麼大不了的？不過就是個家族聚會而已。」

莫莉嘲諷地說：「妳也知道伊安，他什麼都要贏。」

巴爾克太太用手摀住莫莉的嘴巴：「停止。休戰。你們兩個眞是夠了，我說眞的。」她推著莫莉轉身：「早餐我已經放在桌子上了，快吃飯去。」

伊安和莫莉開始朝著餐桌走去……但是當他們看到已經坐在那裡咧嘴笑的身影時，兩人都停了下來。

「噢，哇嗚！」等伊安看清楚桌子的情況時不禁驚呼。兩個玻璃杯被翻倒，柳橙汁在桌上流得到處都是；莫莉盤子裡的雞蛋都糊在桌布上；巴爾克先生的椅子座位上都是灑出來的番茄醬。

史賴皮就坐在莫莉的位子對著他們咧嘴笑，一隻手還拿著番茄醬。伊安看到木偶的臉頰上也沾上了雞蛋。

沒有人說話。媽媽、爸爸和莫莉都嚴厲地看著伊安。

伊安後退了一步，用顫抖的聲音說：「你……你們不會以爲是我做的吧！不，不會吧！」

17.

那個星期六，伊安、莫莉和兩個表兄弟在伊安家的後院碰頭。「你們不可能贏的。」伊安對表兄弟倆這麼說著。「我和史賴皮練習了整整一個星期。」

「那是因爲伊安整個星期都被禁足了。」莫莉補充道。「因爲星期一他在我們家廚房搞出來的惡作劇，他每天晚飯後都得待在自己的房間裡。」

伊安翻了個白眼：「我因爲沒做過的事情被禁足。」

莫莉搖了搖頭：「伊安，根本沒人會相信是你的木偶把廚房弄得亂七八糟。完全沒有人好嗎！」

事實上，伊安整個星期都把木偶放在他的衣櫃裡面……因爲他被它嚇壞了。

這句英文怎麼說？

伊安整個星期都被禁足了。

Ian was grounded all week.

他每天都以爲木偶會站起來衝出衣櫃，他深信史賴皮還會做出更多的惡作劇，害他惹上麻煩。

但令他驚訝的是，那個木偶不但絲毫不動，也沒有咯咯笑或是說話。它就待在那裡，毫無生氣地跌坐在衣櫃裡。伊安不禁懷疑，也許木偶已經進入永遠沉睡的狀態。

現在，他爲了才藝表演又把它拿了出來……主要是因爲，每個人都預期伊安會用它來表演，而且伊安也沒有準備其他才藝。

強尼對伊安說：「我們沒有很擔心你和你的木偶表演。」他在伊安面前揮了揮手上的保齡球瓶。「文尼和我也一直在練習。我們超讚的。」

「我們要成立自己的 YouTube 頻道，然後我們會有幾百萬的訂閱量。」文尼說。

伊安笑了：「爲什麼會有人想在 YouTube 上看雜耍頻道？我說眞的，爲什麼會有人想花超過五秒鐘的時間，只是爲了看你來回甩著又短又胖的保齡球瓶？」

「因爲我們很厲害。」強尼說。他把沉重的保齡球瓶高高地翻甩過頭頂，球

這句英文怎麼說？

我們會有幾百萬的訂閱量。

We're going to have millions of subscribers.

瓶在空中翻轉後從背後接住它。「你應該放棄。文尼和我贏定了。」

這四個孩子站在巴爾克家後院高大的楓樹樹蔭下，週六下午的暖陽更像是夏天而不是春天。太陽使鮮嫩的葉子閃閃發光，就像樹上長出一顆顆寶石。

強尼和文尼的球瓶雜耍需要很大的空間來進行，所以巴爾克夫婦決定讓他們待在戶外會比較好。他們把椅子面向院子中間的平坦草地區擺好後，就進到屋子裡去。

「嘿，你們怎麼慢吞吞的？」文尼對著廚房的窗戶喊道。他母親身體不舒服，所以只有哈丁先生一個人來。「好戲上場了！」

巴爾克夫婦以及哈丁先生終於拿著冰紅茶出來了，三個人同時都在說話。伊安聽不清楚對話的內容，應該是關於政治的事情吧，他想。

強尼又把球瓶高高拋過頭，它翻了好幾圈，但是這次他沒接到，球瓶重重地在地上反彈，發出好大的聲響。

巴爾克先生用一隻手遮住眼睛上方擋太陽：「你們現在改玩耍球瓶？原來不是用白色餐盤嗎？」

「他們打破太多個了，」哈丁先生說。「球瓶比較耐摔。」

三個大人坐在折疊椅上，莫莉把艾比蓋兒抱在腿上盤腿坐在草地上。伊安站在她身邊，把史賴皮抱在胸前。

「我們先來。」文尼說。他手上夾著四個球瓶往院子中央移動。

「我們是第一個，而且我們是最好的。」強尼說。

「那將會由我們來評判。」他的父親說。

「唐尼姨丈應該有兩票，因爲瑪麗阿姨不在。」莫莉說。

「對啊，太棒了！」文尼宣稱。「你會投給我們對吧，爸爸？」

「我會投給最好的表演。」哈丁先生說。「你們兩個是要繼續喋喋不休，還是要開始表演？」

伊安伸手去捏莫莉的肩膀：「最好不要坐得太近，他們可能會砸到妳。」

強尼轉身搖了搖頭：「不可能，你即將目睹一場完美的表演。」

他們兩個隔了幾碼分開站，文尼拉下棒球帽的遮陽片，以免明亮的太陽直射眼睛。他們面對面站得筆直，肩膀向後。

這句英文怎麼說？

那將會由我們來評判。

We'll be the judge of that.

文尼把在四個球瓶中的三個放在身旁的草地上，用右手舉起球瓶。「我們先從一個球瓶開始。」他宣布。

「最後會有四個球瓶飛在空中！」

強尼向前傾身伸出一隻手。文尼把球瓶翻甩出去，球瓶的影子咻地飛過草地。強尼輕鬆地接住了球瓶，轉手又將它拋回給文尼。

幾秒鐘後，變成兩個球瓶來回飛來飛去，然後是三個。男孩們維持著手臂揮舞的動作，球瓶快速往返飛舞。他們有節奏地接住球瓶後，再把它們拋出去。

三個大人開始拍手，莫莉也鼓掌叫好。伊安把史賴皮抱在胸前，眼睛跟著球瓶一會兒向左一會兒向右。

「幹得好！」巴爾克先生大聲說道。「你們倆看起來就像是專業的。」

兩個男孩的眼睛直視前方，手上的動作飛快，就像機器一樣。球瓶在他們之間飛得越來越快。

伊安想：他們真的很厲害。

然後，一聲猛烈的砰砰聲嚇得伊安和莫莉跳了起來。

伊安不確定自己看到了什麼。剛剛有球瓶砸到強尼的腦袋後反彈到地上嗎？巴爾克太太放聲尖叫，兩位爸爸也都跳了起來，驚訝得嘴都合不攏。強尼痛得睜大眼睛，發出微弱的呻吟，膝蓋一彎跌坐在草地上，整個人縮著身子捲成一團，一動也不動。

「這是意外！」文尼一邊尖叫一邊跑向強尼。「不小心手滑了，這是意外！」

「哦，不！不好了！」巴爾克太太雙手緊貼著臉頰。

哈丁先生單膝跪地，俯身向著兒子：「強尼，聽得見我說話嗎？強尼？你能睜開眼睛嗎？」

「我們可能需要找醫生。」巴爾克先生說。「他昏過去，失去意識了。」

伊安緊緊地抱住史賴皮的身體，突然間，木偶動了起來，伊安嚇得倒抽一口氣。當大人們都圍在倒地的男孩身邊，史賴皮把頭往後一仰……發出悠長又響亮的歡快笑聲。

18.

木偶的冷笑聲在院子裡迴盪。

「伊安，你是怎麼回事？」巴爾克先生大聲說道，目光從在他腳邊縮著身體的強尼身上移開。「這並不好笑，你表弟真的受傷了。」

莫莉轉身罵他：「讓史賴皮別笑了！太過分了，伊安。讓他停下來！」

「我……我辦不到！」伊安啞聲說道。他的聲音嘶啞，喉嚨因爲驚懼而縮緊。

「不是我弄的！我發誓。」他用雙手用力搖晃著木偶，最後，木偶的嘴「啪」地闔上，止住了殘酷的笑聲。

巴爾克先生用手指著伊安說：「我們等一下要好好談一談。」

這句英文怎麼說？

我發誓。
I swear.

「可是，爸……」伊安試著解釋。「我發誓……」

莫莉對伊安皺了皺眉：「你有什麼毛病啊？這麼做眞的很蠢。」

伊安沒有回答。

他的腦袋突然有一個可怕的想法——木偶絕對是自己動起來的。可是，該怎麼讓其他人相信他呢？他往強尼的方向走了幾步。

文尼在草坪上來回踱步，兩隻手還各拿著一個球瓶。他轉向伊安說：「只是一時手滑，我不是故意丟得這麼用力的。」

「大家都知道這是意外。」伊安對他說道。

躺在草地上的強尼這時發出呻吟。他睜開眼睛，又眨了幾次眼。「我被打到了？」他揉著額頭問道。

哈丁先生點點頭：「你的頭上等一下就會腫個大包。」

「我覺得頭疼。」強尼說著又眨了幾下眼睛。

文尼對他說：「我手滑了。我不是故意的……」

強尼搖搖手：「那不是你的錯，我應該別讓我的頭擋路的。」

這讓大家都笑了。哈丁先生幫強尼坐起來：「你會頭昏嗎？覺得腦袋輕飄飄？」

「他當然覺得腦袋輕飄飄。」史賴皮突然插嘴說道。「因為那裡面沒有大腦！」

所有人都轉向伊安。

「放下木偶。」巴爾克先生說。「你真的覺得這是說笑話的時候嗎？」

「我……呃……」伊安結結巴巴地說。「我只是很高興強尼沒事。」

兩位爸爸各自抓著強尼的一隻胳膊扶著他站起來：「有哪裡感覺怪怪的嗎？站得起來嗎？」

強尼點點頭：「我感覺很好，只是頭痛。你知道的，就是這裡有點脹脹的。」他輕柔地揉著右邊的太陽穴。他轉向巴爾克先生：「這是不是代表文尼和我沒機會贏了？」

「你還是有機會。」伊安的爸爸告訴他。「你們實在太棒了……至少有一部分是。」

這句英文怎麼說？
你會頭昏嗎？
Are you dizzy?

「在我們決定之前，還必須看看其他人的才藝。」巴爾克太太說。

他們讓強尼在後面的草坪上來回走動。「我感覺還可以。我沒頭暈或什麼的。」他說。

「我們需要冰敷腫起來的地方。」巴爾克太太說。她推著他的肩膀：「所有人都過來吧，我們進屋裡去。」

伊安把史賴皮甩到肩膀上，跟著其他人走進屋裡，他心想：「今天眞是超級不順。先是強尼被砸到頭暈倒，然後是史賴皮在沒有我操控的情況下，開始狂笑還開玩笑。」

伊安很想跟他的父母講這件事。

他很想告訴他們，他沒有一直控制史賴皮，可是大家都聚集在強尼身邊。

他們把強尼安置在客廳那張寬大舒適的扶手椅上，還讓他把腳放在腳凳上，又給他一個藍色的冰袋敷在額頭上。

莫莉把艾比蓋兒放在餐桌上之後就跑上樓去，伊安也把史賴皮放在莫莉的人偶旁邊。

這句英文怎麼說?

今天真是超級不順。

This day isn't going well at all.

巴爾克先生走進廚房，幾分鐘後帶著一大碗玉米片和一罐可樂出來。

文尼找到伊安的手機，正站在角落裡玩手機遊戲。

過了一會兒，強尼放下冰袋：「我感覺沒事了。真的。」他說。「我覺得我們應該要完成才藝表演。」

「你確定你還好嗎？」巴爾克太太問道。

強尼說服所有人他很好，所以巴爾克太太把莫莉從樓上叫了下來：「妳是下一個，莫莉。妳要表演什麼才藝？」

「我打算用我設計和製作的衣服，和艾比蓋兒一起做一場時裝秀。」她回答。

「準備好大開眼界吧！」

「大家找位置坐下吧！」巴爾克太太說。「文尼，先不要玩了，過來加入我們。讓我們來看看莫莉幫她的娃娃做的衣服。」

「嘿，等等！」莫莉尖叫起來。「艾比蓋兒呢？」

伊安轉過身，注意到妹妹臉上苦惱的表情。

「艾比蓋兒在哪兒？」莫莉厲聲問道。「我把她放在桌子上，然後……」

她的眼睛瞬間睜大，嘴巴也張得開開的，然後發出驚恐的尖叫：「噢，不！我不相信！」

19.

伊安轉過身，看到讓妹妹尖叫的東西。當他終於注意到艾比蓋兒時，不禁驚呼出聲。艾比蓋兒側著身體，在靠近金魚缸的底部漂浮著。

沒有人有動作，他們彷彿因爲太過震驚而僵住。

接著莫莉發出另一聲刺耳的尖叫，然後撲向伊安：「你怎麼可以？你怎麼能這樣？」她哭號著說，用兩隻拳頭捶打伊安的胸口：「伊安，你這個變態！你怎麼可以淹死艾比蓋兒？」

「不！不可能！不是我！」伊安尖叫道。

但是莫莉實在太憤怒，根本聽不進去。她狠狠推了他一把，用盡全力捶打他

這句英文怎麼說？

你這個變態！

You creep!

的胸口：「你這個變態！變態！你毀了我的娃娃！」

伊安試圖告訴她不是他做的，但是話全梗在喉嚨裡。莫莉又推了他一把，他因爲失去平衡搖晃著向後倒去，整個人撞上魚缸。

「噢，不。」他感覺到魚缸從桌上翻倒。他還來不及站穩，就聽到魚缸摔在地上及玻璃碎裂的聲音。

三個大人一起大聲說話。漲紅了臉的莫莉，淚水順著她的雙頰滾落下來。濕淋淋的娃娃從破碎的魚缸裡滾出來，面朝下躺在一灘水和鋸齒狀的玻璃碎片中。三條金魚在地板上抽動著身體，奮力喘著最後一口氣。

伊安急忙從桌子邊跳開，心臟怦怦跳著。他把娃娃從地板上撿起來遞給莫莉。莫莉怒吼一聲，對準他的臉把娃娃揮過去。

「等等！等等！」他喊著，快步遠離她。「妳弄錯了，莫莉！不是我！」

巴爾克太太跪在碎玻璃邊上。「站遠一點，各位。不要被玻璃割到了。」

伊安的爸爸撿起那三條魚，並且用雙手捧著，接著衝到廚房找水，好讓牠們能回到水裡。

這句英文怎麼說?

別想怪到我身上。

Don't try to blame me.

文尼和強尼和他們的爸爸站在房間另一頭。他們三個都瞪著伊安。

「你們一定要聽我說!」伊安喊道。「不是我做的!」

「艾比蓋兒又沒有跳進去!」莫莉大聲說道，把濕透的娃娃抱在胸前。「你眞是個大騙子，伊安。除了你，還有誰會這麼做?」

伊安的媽媽小心翼翼地從地板上撿起玻璃碎片放在手掌上，說:「我對你非常失望，伊安。你爲什麼這麼迫切想要贏呢?這只是家族比賽。」

伊安雙手緊握拳頭。「沒有人要聽我說話嗎?」他咬牙切齒地說道。「我沒有把娃娃放進魚缸，我發誓我沒有。」他指著房間另一邊的兄弟倆。「你們爲什麼不問問他們是誰做的?」

文尼和強尼兩個人同時開口說話。「我當時坐在客廳裡，頭上敷著冰袋。」強尼說。「你們都看見了。我沒移動。」

「別想怪到我身上。」文尼說。「我一直待在強尼對面。」

巴爾克先生帶著一個裝滿水的大量杯回來，裡面裝著三條金魚。「你發誓不是你做的，伊安?」他問道。

伊安舉起右手：「我發誓。」

「爸爸，他在撒謊。」莫莉堅持道。「看看我的娃娃，她沒救了。」

「我想我可以把她弄乾。」她爸爸回答道。「我應該可以讓艾比蓋兒恢復原狀。」

「你相信我嗎，爸爸？」伊安問道。

巴爾克先生皺著眉：「我不知道該相信什麼。」

「才藝表演是場災難。」唐尼姨丈說道。他把強尼的臉轉向他，檢查額頭上依舊很紅的腫包。「我想我們應該回家護理傷口了。」

「等等……」伊安的媽媽說。「我想我們應該讓伊安完成他的表演。」

「啊？」伊安張大了嘴巴。「妳確定嗎？」伊安感覺到胃往下沉。他對這件事有很不好的感覺。

「來吧！」巴爾克太太催促道：「我打賭會很有趣。你練習了一整個星期。來呀，伊安。這會讓我們心情好起來。」

伊安聳了聳肩：「我不確定……」

這句英文怎麼說？

我打賭會很有趣。
I'll bet it's funny.

「伊安應該把他的表演留到下一次。」唐尼姨丈說。

「時間還早，為什麼不讓他表演？」巴爾克太太說。「至少讓這一天有個愉快的結尾。」

「我也想看看他都準備些什麼橋段。」巴爾克先生附和說。

其他人還在說話的時候，文尼大步走到餐桌旁。「嘿，為什麼不讓我和木偶試一試呢？」他問道。「我也可以很有趣。」

文尼將史賴皮從桌子上抬起來，然後把手伸入木偶背部的開口處，但是他接著滿臉驚訝地停住動作。

「嘿，你們看！木偶的手是濕的！」他說。

20.

伊安快步越過房間，把史賴皮從文尼懷裡拉了過來。「哦，嗯……」他低喃說。「手是濕的。」

「你騙不了人。」莫莉雙臂交叉抱在胸前說。「所以，你把史賴皮的手浸在魚缸裡。眞了不起！所以我們就應該認爲，是史賴皮把我的娃娃推到水裡嗎？」

伊安盯著她，不知道該怎麼回答。不管他說什麼，莫莉都不會相信。他知道自己沒說謊——他既沒有碰過她的洋娃娃，也沒有將史賴皮從桌子上移開。

他端詳著史賴皮的臉。木偶的笑容是不是比以前還大了點？不，不可能。一定是伊安自己想像出來的。

這句英文怎麼說？

木偶的笑容是不是比以前還大了點？
Was the dummy's grin a little wider than before?

「伊安，坐下來爲我們表演腹語術。」爸爸發話了。

「沒錯，讓我們爲今天晚上作個結尾吧。」唐尼姨丈翻了個白眼說道。

「給伊安一個機會。」巴爾克太太責備他說。「我們不想對他不公平。」

突然，史賴皮開口說：「有人對妳不公平，巴爾克太太。爲什麼讓妳長了一張鏡子照了都會破掉的臉呢？」

伊安的媽媽搖了搖頭說：「不好笑喔，伊安。我希望你會有比這個更好的笑話。」

伊安感到脖子後面有一絲寒意。這個糟糕的玩笑可不是我說的，而是木偶擅自說的。

他不想繼續表演下去，這太可怕了！可是他騎虎難下，大家都熱切地看著他，甚至連文尼和強尼也是。

伊安側坐在餐椅上，把木偶撐在膝蓋上。唐尼姨丈夾在兩個兒子中間擠在沙發上，伊安的父母則坐在沙發旁邊的大扶手椅。莫莉站著，雙臂緊緊交叉著，臉上憤怒的表情毫不鬆動。

伊安把手伸進木偶的後背，讓木頭嘴唇上下移動。「巴爾克太太，妳煮晚餐了嗎？」史賴皮問道。「我很抱歉，但是我的嘔吐物都比它好。」

「伊安，拜託……」他的母親說。「別這麼沒禮貌！你可以搞笑而不失禮。」

「但是……」伊安試圖解釋，但史賴皮打斷了他。

「你想看搞笑嗎？那就照照鏡子！」史賴皮粗聲粗氣地說。

木偶轉向莫莉。

「好消息，莫莉。」史賴皮說。「他們正在找人在動物星球節目裡扮演一頭豬，妳甚至不需要試鏡，就能得到那個角色！」

莫莉發出一聲厭惡的呻吟聲：「快阻止伊安，媽媽。」

「莫莉，我有一個謎語。妳和人行道上腐爛的死鳥有什麼區別？」

莫莉翻了個白眼：「我不知道。」

「哈哈哈哈！我也不知道！」

「伊安，你的笑話很不好。」他媽媽說。

「妳知道什麼叫做好嗎？」史賴皮問。「當妳離開某個房間後，空氣變得好

這句英文怎麼說？

你可以搞笑而不失禮。
You can be funny without being rude.

聞了！」

巴爾克太太跳了起來：「伊安……我警告你！」

「我……不是我說的。」伊安結結巴巴地說。「是史賴皮說的！我……」

「唐尼姨丈，這眞的是你的臉嗎？還是有人吐在你肩膀上？」木偶粗暴地說。

巴爾克先生站起來，用手指著伊安說：「嘔吐笑話說夠了。我是認眞的，如果你不說點好笑話……」

「巴爾克先生。」木偶插話：「我不想說你很臭，但是你搞壞了拉屎的好名聲！哈哈哈哈！」

「夠了，你說完了！」巴爾克先生大聲說道。「回你的房間去，伊安。」

「嘿，莫莉……妳知道如何讓自己更漂亮嗎？把頭伸進烤盤，然後再按下『開始』鍵。」

「回你的房間去，伊安！」巴爾克先生重複道，「把木偶一起帶走！」

「強尼和文尼，你們兩個人看起來就像我在公園遛狗踩到的東西！」

巴爾克先生緊緊抓住伊安的肩膀，推他走上樓梯。

「快走，你的麻煩大了，年輕人。我們要好好談談。」

「你……你必須相信我，爸爸。」伊安結結巴巴地說。「那些不是我的笑話。我……我沒那麼說。真的！我……」

「伊安，快走。」他的父親將他往樓梯的方向推。

「爲什麼沒有人要聽我說話？」伊安尖叫道。「木偶是活的！是木偶說了那些可怕的笑話！」

「快點離開。」巴爾克先生說，臉頰因憤怒而變紅。「我不想再說第二遍。」

伊安嘆了口氣轉過身，開始拖著腳步爬上樓梯，木偶就斜倚在他的肩膀上。

令他害怕的是，史賴皮張大了嘴，一路上都在咯咯笑。

這句英文怎麼說?

你的麻煩大了。
You're in a lot of trouble.

21.

伊安癱倒在自己的房間裡，猛地關上了門。「閉嘴！閉嘴！閉嘴！」他叫道，但是史賴皮仍然咯咯笑著不肯停下。

伊安抓住木偶的肩膀搖晃著，他是那麼用力地搖以至於木偶的頭彈跳起來。

「閉嘴！閉嘴！」

史賴皮骨碌碌地轉著眼珠子，咯咯地笑了起來。

伊安一臉嫌惡地拉開衣櫃門，將木偶拋到衣櫃深處。史賴皮從牆上彈開，屈著身體往前疊在下半身上，趴在一堆髒T恤和牛仔褲上。他終於停止了令人討厭的笑聲。

伊安緊緊抓住衣櫃門把，盯著木偶很長一段時間：「你現在要坐起來嗎？你打算跟我說話嗎？你想害我惹上更多麻煩嗎？你爲什麼要這樣對我？」

伊安意識到自己在發抖，他的整個身體因爲恐懼而顫抖。木偶活過來了，而他是唯一知道這件事的人。

沒有人相信他，沒有人！

他獨自待在這裡……跟這個「活物」在一起。

木偶靜止不動，連一點小小的抽搐也沒有，依舊對折躺在衣櫃地板上。

伊安關上衣櫥，確認門有安全地關緊。眞希望這扇門能上鎖。

他雙手緊緊地抱在胸前，開始在房間裡來回踱步。他無法停止顫抖，無法遏止從背脊升起的寒顫。

那些咒語……一定是那些奇怪的咒語讓他活過來。

但是那個木偶到底有什麼目的？

只是爲了讓他在家人面前出糗？讓他惹上麻煩？

「我應該在看到他邪惡的笑容時，就知道這個木偶有什麼地方不對勁。」伊

這句英文怎麼說？

你為什麼要這樣對我？
Why are you doing this to me?

安自言自語道：「爸爸應該早就想到。有人寄給爸爸一個沒有回寄地址的木偶。他們當然沒有附上回寄地址，因爲他們不想把他拿回去。」

伊安又打了個寒顫。他也不想要這個木偶。

但是他該怎麼擺脫史賴皮？

他需要協助。首先，他必須說服所有人他說的是實話。他必須證明給他們看，木偶是活的。

他突然感到疲倦，精疲力盡。他瞥了一眼桌上的鐘，距離他上床睡覺的時間已經過了半小時。

他能睡嗎？在知道衣櫥裡的木偶是活著的情況下，他還睡得著嗎？

他深吸一口氣，拉開衣櫃門，以爲會看到史賴皮站在那裡準備衝出來，但是沒有。木偶一動也沒動，他垂著頭坐在一堆毫無生機的雜物裡。

伊安長嘆一聲，再次小心地關上了門，確保它緊緊地噠一聲。他應該放一把椅子或者什麼東西來擋住它嗎？伊安打了個哈欠。

突然間，他實在睏得不想去思考。

他脫掉衣服，隨意扔在地板上，然後在梳妝檯的抽屜裡翻出一套睡衣穿上。溫暖的微風吹拂著臥室窗戶的窗簾，遠處傳來汽車的喇叭聲，他爬上床，把被子拉到下巴上。

伊安一碰到枕頭就睡著了。

他睡多久了？應該沒有很久。他被碰撞聲和刮擦聲驚醒了。

「嗯？」伊安直接坐了起來，眨著眼想清醒一點，隨即意識到，現在還沒到早上。他可以看到夜空中高掛的月亮。

他又聽到了重擊聲。一次撞擊。有人走來走去？在黑暗中？

現在他整個人繃緊了神經，皮膚發麻，努力想在昏暗的燈光下看清楚。

又一陣腳步。

他試圖站起來，但是他的腳被床單纏住，害他差一點摔倒。

「哎喲！」他穩住身體下了床，環視著整個房間。

「哇！」伊安馬上發現有什麼不一樣。

衣櫃門是敞開的。

這句英文怎麼說？

現在他整個人繃緊了神經。

His senses were all alert now.

一陣寒意慢慢從他背上竄起。

他強迫自己走向衣櫥，抓住門，點開燈。他探頭看著衣櫃裡面。

史賴皮不見了。

22.

伊安感覺膝蓋一軟。他緊緊抓住衣櫃門的邊緣，好讓自己不會跌坐在地。他瞥了一眼衣櫥。衣櫥上方的燈泡散發出的黃色光線照亮了衣櫥地板——空蕩蕩的地板。

伊安一直在想，也許他還在睡覺，也許這些都是他做的夢，也許他正在夢遊，夢到木偶自己站起來走掉了。

但是他知道他是清醒的。走廊裡傳來輕柔的異聲，以及朝樓梯而去的腳步聲，讓他警覺起來，他突然醒悟到：機會來了！

史賴皮正朝樓梯走去，而這是伊安取得到他所需證明的機會——向他父母證

這句英文怎麼說?

伊安感覺膝蓋一軟。

Ian felt his knees start to fold.

明史賴皮活著的證據。

「我的手機。」他輕聲低語說。「我把手機留在哪了?」

他環顧整個房間。不在他通常放手機的桌上,也沒有插在床邊的充電器上。

伊安看到他的牛仔褲堆在地板中央,他把褲子撿起來在口袋裡摸索著。

「有了!」

他用顫抖的手抓著手機,點開相機功能。

準備好了。

伊安走進大廳。地板上昏暗的夜燈,在一面牆上投下一道淡淡的光錐。沒人在那裡。

史賴皮一定是走下樓梯了。

伊安屏住呼吸,踮著腳尖走過柔軟的地毯,快步走向樓梯。

他把手機舉在前方,準備拍下證據——一張木偶自己走下階梯的照片,一定可以說服父母他沒說謊。

他又聽到一聲輕柔的聲音,樓梯吱吱作響。

無視滑下背脊的寒意，伊安走到樓梯口。下面一片黑漆漆，但是他可以隱約看到木偶手扶著欄杆，一步一步緩慢向下移動。

好，逮到他了！

伊安舉起相機瞄準樓梯……然後拍下一張照片。

他在閃光燈的閃爍光中眨了眨眼。

「喀嚓」，他又拍了一張，又是一陣白光。

伊安驚訝得張嘴倒抽一口氣：「噢，不！不可能！」

23.

走廊燈亮了起來。伊安放下手機，瞇著眼睛盯著樓梯下方的爸爸。不是史賴皮，是他爸爸。爸爸穿著褐色的睡袍，頭髮因睡覺的關係亂糟糟的，顯然正要上樓來。

伊安結結巴巴地開口：「爸爸，我以為……」

巴爾克先生轉過身來：「伊安？剛剛是你走來走去嗎？我好像聽到有人在樓上走來走去，所以來查看。」

伊安說：「我也聽到了動靜，我就是被吵醒的。我還以為是腳步聲……」

「搞什麼！」巴爾克先生大聲說道。他用手一指：「看，前門是開著的。」

這句英文怎麼說？

逮到他了！

Got him!

伊安的心開始激烈跳動。

他抓著欄杆，用濕冷的手緊緊握著。「是……是史賴皮。」他說。

巴爾克先生皺起眉頭說：「這不是編史賴皮故事的好時機。」他轉身匆匆走下樓梯，穿過大廳走到前門。

「爸，你聽我說。」伊安緊跟在他身後。他走到爸爸身邊，看著敞開的門。銀色的月亮低低掛在紫色的天空中。伊安看到莫莉的腳踏車停在車道旁，在車道邊不遠處，一隻兔子以後腿直立著，耳朵筆直向上，黑色的眼睛在夜色中發亮。

外面什麼人都沒有。

「是史賴皮，爸爸，你一定要相信我！我聽到他離開我的房間。」

巴爾克先生把手放在伊安肩膀上：「你聽到什麼？」

「我是被吵醒的。我聽到他在走廊上走動。他不在那裡。我把他鎖在衣櫥裡，我還確定門有好好關上，可是他不見了！」

巴爾克先生把前門關上並上了鎖：「木偶不在你的衣櫥裡？」

伊安搖了搖頭：「沒有，他不見了！」

這句英文怎麼說?

伊安的心開始激烈跳動。

Ian's heart began to pound in his chest.

伊安的爸爸撓了撓頭：「一定有一個合理的解釋。」

「沒錯，爸爸，有合理的解釋。」伊安說。「史賴皮是活著的！他不但是活生生的，還很危險，而且他現在就在外面徘徊。」

伙計們，我是史賴皮。

聰明的孩子，那個伊安，他說的都是事實。

史賴皮活著，而且很危險。

就算讓我自己來說，都沒辦法說得更好。

哈哈哈！

也該是時候讓巴爾克先生明白眞相了，你不覺得嗎？他算不上是腦袋最靈光的人。我不想說他不夠聰明……但是，你說說看，爲什麼他的智商與腰帶尺寸一樣呢？哈哈哈哈！

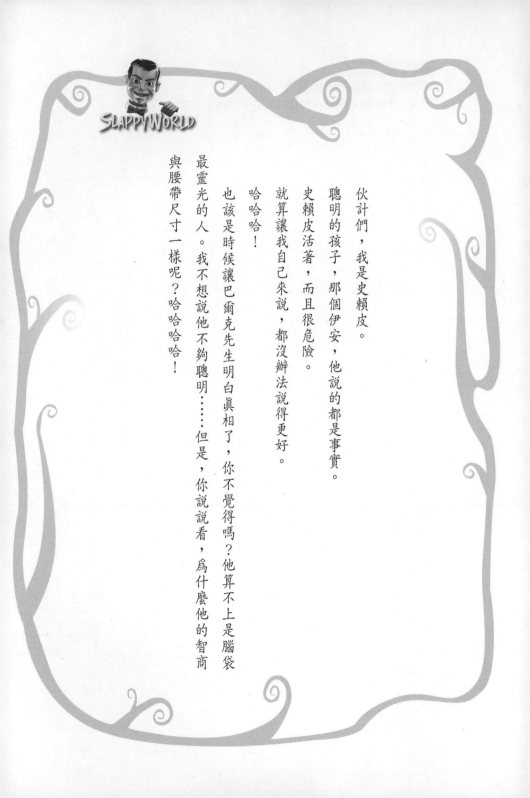

24.

文尼拍了拍強尼的背：「該走了，強尼！」

強尼一把打了回去：「該走了，文尼！」

兩個男孩互碰了碰指關節。他們互相擊掌，然後又很用力的用胸部去頂撞對方的胸口，結果就是兩個人都氣喘吁吁。他們在臥房裡四處瘋了似地跳舞，一會兒哈哈大笑，一會兒笑竊笑不停。

就像一場重大的慶典。

史賴皮撐坐到文尼床上，眼神茫然地盯著他們，看起來毫無生氣地坐著，雙臂垂在身體兩側。

這句英文怎麼說？

他們互相擊掌。

They slapped high fives.

男孩們的房間在屋子最後面，由他們兩人共用，房間只夠放兩張單人床和一個小衣櫥。靠牆的一張小桌上，擺著他們共用的一部筆記型電腦。

文尼把史賴皮高舉到自己面前，說：「歡迎來到我們家，木偶。你猜怎麼著？你被綁架了！」

這讓兩個男孩都大笑起來，他們又再次互相碰了碰指關節，然後他們舉起史賴皮的木手，也跟他碰了碰指關節。

「伊安絕對想不到⑦。」強尼說。

文尼輕笑說：「他真的很遜。他大概以為是木偶自己跑出來的！」

他把史賴皮放下，直到木偶的棕色皮鞋碰到地板：「來呀，木偶，讓我們看你怎麼走路！」

他拖著木偶在地板上行走：「來嘛，史賴皮，你不走給我們看看嗎？」

「伊安對於魔咒可以讓木偶活過來的蠢腳故事深信不疑呢！」強尼搖搖頭說，「這傢伙也可能相信有復活節兔子。」

「不管你怎麼做，千萬不要告訴他沒有牙仙這回事，你會傷害他幼小的心靈。

這句英文怎麼說？

他會嚇壞的。

He'll freak out.

他會嚇壞的。」文尼說。

男孩們又爲此笑了好一陣子。

「嘿，吵吵鬧鬧是在幹什麼呢⑧？」從隔壁房間傳來他們父親的聲音。

「沒什麼！」強尼喊道。

「已經很晚了。」哈丁先生抱怨道。「你們在做什麼？」

「沒有。」

「只是綁架了一個木偶。」文尼低聲笑著對強尼說。

「好吧，我要睡覺了。所以好好保持安靜。」哈丁先生喊道。「明天是星期天，你們可以整天胡搞瞎搞的，但是先讓你母親和我好好睡覺。」

「沒問題。」文尼透過牆壁喊話。他把史賴皮放在地板上，搖搖頭說：「伊安可能整晚都在找他，還會讓全家人都一起去找一個活生生的木偶。」

「不關他們家的前門這招，眞是太聰明了。」強尼說。

「是你想出來的。」文尼對他說道。

強尼咧嘴一笑：「我知道，這就是爲什麼它是個聰明的點子。」

「伊安一定會被搞混，他的腦子會爆炸的。」

「眞是個蠢蛋。」強尼說道。

兩人像牛仔那樣吆喝。

兩人一邊爲犯下的完美罪行傻笑，一邊墜入夢鄉。第二天，他們過了早上九點才睡醒。文尼看到床邊的史賴皮時忍不住發笑。

「我以爲我們綁架了史賴皮這件事不過是做夢。」他說。

「不，我們眞的這麼做了。」強尼回說，仍然打著哈欠還沒清醒。

文尼將史賴皮抬到膝蓋上，一隻手伸進他的背部。他讓木偶的嘴巴上下滑動，讓史賴皮用一種尖細的聲音說道：「你好，男孩、食屍鬼們。我是個木偶，你呢？」

「你的嘴唇在動。」強尼說。「你做得不對！來，把他交給我。」

強尼把史賴皮從文尼的膝蓋上抬起來，把手伸進木偶的後背，讓木偶的眼睛左右轉動：「我發現眼睛的控制器了，酷喔！」

他讓嘴巴也動一動，木頭嘴唇啪噠啪噠地開合。「文尼和瘦子押韻。」他借

這句英文怎麼說？

我需要練習。
I need to practice.

木偶的口說道。「文尼不瘦。他跟牛一樣瘦。」

「不好笑。」文尼邊說邊把史賴皮從強尼手上拉過來。「不好笑，而且你的嘴唇也動了。」

「再給我一次機會。」強尼說。他抓著木偶的手，試圖把它拉回去：「我需要練習。」

「你需要放手。」文尼說。他向強尼揮了揮拳頭，強尼只好放開了木偶。

「你覺得伊安現在在做什麼？」文尼問道。

「可能正躲在床底下吧，因爲害怕活木偶會回去找他。」

他們都大笑起來。文尼把木偶放在他床上，說：「我們應該發要求贖金的通知給他。」

「贖金通知？」

「你知道的，讓他付錢把珍貴的木偶贖回來。」文尼說。「我們應該要求多少錢？」

「一百萬？」強尼回答道。

文尼大笑：「不，那不夠。五百萬怎麼樣？」

他們又哈哈大笑起來，但是當史賴皮抬起頭時，他們都停了下來。

木偶的眼睛滴溜溜轉動著，然後停在兩個受驚嚇的男孩身上。

「玩得很高興嘛，痞子！」史賴皮粗聲粗氣地說道。「現在輪到我了。你們準備好進入『痛苦』的世界嗎？」

25.

強尼嗚咽半天說不出話，文尼眼睛睜大，眼珠都快掉了出來。

「是你讓他這麼說的嗎？」強尼大聲說道。

文尼搖了搖頭：「沒有，不可能。」他因爲驚恐而睜大了眼，嚇得合不攏嘴。

兩個男孩都盯著木偶。

史賴皮兩隻眼睛骨碌碌地轉著，接著咯咯地笑了起來。突然，他的一隻大木手猛地往文尼的鼻子上甩。

文尼大叫一聲，蹣跚地後退，痛苦地眨著眼睛。他摀住鼻子：「嘿……你害我流鼻血！」

這句英文怎麼說？

你害我流鼻血！

You gave me a nosebleed!

「我也是！」木偶尖叫道。「看著！」

史賴皮向後仰頭……從他的鼻孔射出一股濃稠的亮綠色黏液。木偶轉過頭，向文尼噴了一股強勁的黏液。

文尼試圖躲開，但是太遲了。厚重的結塊液體濺到他頭上，從他臉上流下滴到襯衫前面。「好燙！」文尼尖叫道。「噢！它好燙！」

史賴皮再次咯咯地笑著，保持頭部向後仰的姿勢，不斷向文尼噴灑噁心的黏液。

「臭死了！」黏液噴在他身上，文尼嚎叫著，跪倒在地上揮動著雙臂。「而且它燙傷我了！救命！它燙傷我了！不要只是站在那裡。幫幫我！」

強尼的嘴巴維持在張開的狀態，臉色嚇得蒼白。他深吸一口氣然後撲向木偶。史賴皮往一旁躲去，強尼沒捉住他，反而面朝下摔在床上。

在他還來不及躲開前，史賴皮揮動手臂打在強尼頭上。

強尼尖叫起來。木偶打到的，正好是之前雜耍時被球瓶撞到的地方。強尼抱住額頭，一陣陣疼痛感讓他幾乎睜不開眼睛。

這句英文怎麼說?
強尼尖叫起來。
Jonny screamed.

在強尼能移動之前，史賴皮轉過頭……把從鼻子流出的作嘔綠色黏液往強尼噴濺過去。

強尼在床上轉了個圈後滑倒在地上。史賴皮順勢把綠色的黏液吐到強尼背上、後腦勺上，強尼痛得嚎叫出聲。

「媽媽！爸爸！」文尼尖叫著，一邊拍打著覆蓋在身上的綠色噁心東西。「救救我們！你們聽到了嗎？」

「他們一旦睡著了，就根本不可能叫醒他們。」他的兄弟呻吟道。

「拜託，醒醒啊！醒來！我們需要幫助！」文尼哭喊道。

史賴皮搖了搖頭，然後放聲大笑：「歡迎來到史賴皮的世界，男孩們！」

26.

文尼掙扎著往後退，地板上灼熱的黏稠水窪在他光裸的腳踝上冒泡泡。他從床上扯下床單當作毛巾，擦掉臉上、頭髮及肩膀上的腐臭黏液。

強尼爬下床，用雙手擦著臉。熱燙的惡臭黏液灼傷了他的皮膚，酸腐味讓他噁心得想吐。

史賴皮不再從鼻孔裡噴東西出來了。他現在靠坐在床頭板，塗得紅紅的嘴唇上掛著笑容，眼睛左右轉動。

「這不可能！」文尼邊哭邊擦掉頭髮上的黏液。「這太誇張了！」

「知道什麼才誇張嗎？」史賴皮低吼道。「就是頭這麼大的人卻只有這麼小

這句英文怎麼說？

我們不應該綁架他的。

We never should have kidnapped him.

的腦袋！你聽到它在你的頭殼裡咯咯作響嗎？」

強尼結結巴巴地對文尼說：「他眞的是自己在說話。他……他是活的！」

「你們還眞的不是很聰明。」木偶大聲說道。「你的腦袋唯一的作用，就是讓帽子脫離你的肩膀！哈哈哈哈！我知道你的智力測驗不及格，因爲你連『智力』都不會寫！」

「這……這是不可能的！」文尼重複道。「木偶不會自己說話……」

「那你要怎麼解釋呢？」史賴皮大聲說道，還發出高亢的冷笑聲。

強尼轉向文尼：「我們不應該綁架他的。」

史賴皮竊笑說：「你們雖然不聰明，但是至少你們很醜。」

文尼哀叫了幾聲，往床的方向走了幾步，眼睛一直盯著史賴皮笑嘻嘻的臉。

他還記得不能靠太近。他被木偶揮拳擊中的鼻子仍然隱隱作痛。

「你想要什麼？」文尼問道。「別再說笑話了！」

「你們兩個才是笑話！」史賴皮回答道。

「直接告訴我們你想要什麼！」文尼大聲說道。

「我只是想讓你們知道你們的新名字。」木偶回答道。

強尼和文尼交換了一下眼神。「新名字？什麼新名字？」文尼問道。

「你們的新名字是奴隸一號和奴隸二號。」

「你開什麼玩笑！」強尼說。

木偶向前傾身：「你在呼吸嗎？要判斷蛞蝓有沒有呼吸是很困難的。」

「你的意思是，你認爲我們會成爲你的奴隸？」文尼問道。

「別再浪費時間了。」史賴皮回答道。「你們就是我的奴隸。如果你們表現好，也許聖誕節我會讓你們放假。哈哈哈哈！」

「你瘋了！」強尼大叫道。「你無法控制我們！」

史賴皮根本不理會強尼的話，他說：「你們的第一個任務來了，我要你們回去伊安家。」

「我們可以帶你過去嗎？」文尼問道。「我們可以帶你回去嗎？那是你本來該待的地方。」

史賴皮厲聲說：「你該待的地方就是你出生的地方，在石頭下面⑨。」

這句英文怎麼說?

我不這麼認為。

I don't think so.

「我們馬上帶你回去。」文尼說。

「馬上還不夠快！」史賴皮尖聲說道。「現在給我閉嘴，聽好主人給你指派的任務。你們要把我帶回伊安家，然後幫我找到那張紙條。」

「什麼紙條？」強尼問道。

「上面寫著祕密咒語的紙條，笨蛋！」史賴皮厲聲說：「我不希望有任何人再唸出那些字。如果有人再唸一次那些字，我就會再度沉睡。我不能允許這件事發生。我是活著的！活的！懂嗎？死腦袋！哈哈哈哈。」

強尼和文尼交換了一下眼神。

「這不是夢吧？」文尼輕聲說。

「別動歪腦筋想自己唸出那些字。」史賴皮粗聲粗氣地警告。「我可以再對你們噴一次滾燙的黏液，別忘了。趕快動身吧。」

文尼用眼睛往臥室門一瞥，強尼很快就會意。

「呃……我不這麼認爲。」文尼輕聲說道。「我覺得不會成功。」

「你知道嗎？」強尼插嘴說道。「那什麼奴隸的事也不會發生。」

在史賴皮可以回話之前，文尼突然前進用雙手猛推木偶。這一推讓史賴皮倒栽在地板上，木製的頭部從地板上彈開時發出響亮的聲響。

文尼和強尼兩人都飛奔向臥室門口。先到的強尼用手握住門把轉動，並試圖拉開門。

「嘿！」兩個男孩不約而同發出了叫聲。

強尼又試了一次。門毫無動靜。

他們轉身看向史賴皮。史賴皮已經站了起來，他的眼睛睜得大大的，手放在床上。

「門……被鎖了。」文尼結結巴巴地說。

史賴皮竊笑：「你們以為我是笨蛋嗎？門當然被鎖了。也許我們應該改一改你們的名字。囚犯一號和囚犯二號怎麼樣？」

他朝他們走了幾步，動作僵硬生澀。他的雙腿輕盈而有彈性，但厚厚的鞋子刮擦著地板。

強尼轉身躲開木偶，又試著開門。文尼眼看著木偶朝他們逼近，不可置信地

這句英文怎麼說？

你會放過我們嗎？
Will you leave us alone?

睜大了眼睛：「如果我們幫你找到那張紙條，你會放過我們嗎？」

「當然不會。」史賴皮說。「你們兩個現在都屬於我了。成爲一個奴隸這件事，你是哪裡不理解？」

臥室門另一邊傳來敲門聲，讓兩個男孩嚇了一大跳。

「嘿，裡面發生了什麼事？」他們的媽媽在走廊上大聲問道。

「媽！救救我們！」強尼喊道。

文尼一把將強尼推開，他抓住門把轉動，使盡吃奶的力氣拉開門。

門打開了。

哈丁太太站在那兒，臉上露出驚訝的表情。

「媽，救救我們！」文尼喊道。「木偶……他活過來了！他是活的！」

27.

哈丁太太越過杵在門口的兩個男孩身邊，衝進房間：「你們到底在說什麼？」

哈丁太太身材嬌小纖細，穿著栗色運動褲和白色運動長衫。她已經病了一段時間，如今衣服在她身上顯得寬鬆。她的金髮夾雜著幾絲灰頭髮，男孩們之前都沒有注意到。

她瞇起眼睛從強尼看到文尼。「史賴皮？這裡？你們爲什麼這麼激動[10]？」

她低下頭看到了那個木偶，他癱成一團，面朝下躺在床邊的地板上。

「他……他是活的！」文尼結結巴巴地用顫抖的手指著木偶。「他發瘋了，

這句英文怎麼說？

你們到底在說什麼？
What on earth are you talking about?

媽！」

哈丁夫人走向木偶，說：「你確定發瘋的是他？」她用腳上穿的運動鞋尖輕輕戳了戳木偶。「他只是個木偶，小伙子。」

史賴皮的胸部撞到地板上。他癱軟地躺著，雙臂壓在身體下面，雙眼緊閉。她轉向強尼和文尼。「你們是在開什麼玩笑嗎？你們不會眞的期望我相信這個木偶是活的，對吧？你們兩個是看了太多恐怖電影嗎？我會取消你們的網飛。我是認眞的。」

「媽，拜託……」強尼懇求道。

「他在這裡做什麼？」她問道。「伊安把他借給你們？」

「那不重要。」文尼說。「我們不是在開玩笑，媽。這是個邪惡的木偶。我們唸了一些祕密咒語，然後他就活過來了。我們本來以爲那只是遊戲，但是……」

哈丁太太再次用鞋子輕輕戳了一下木偶。他的手臂死氣沉沉被掀起又落下，頭部在地板上彈了彈。木偶的眼睛沒有張開，完全沒有動靜。

「我看不出哪裡好笑。」哈丁太太說。「你們能解釋一下哪裡有趣嗎？」

「這件事並不有趣。」文尼說。「這是真的。我們沒有撒謊。」

「木偶是活的。」強尼補充道。「我發誓。」

他們的母親長吁了一口氣。「我今天早上有很多事情要做，沒時間管這種蠢事。」

文尼衝向前去，把木偶從地板上撿起來。他抱著木偶的腰開始搖晃。「動一動，史賴皮！」他喊道。「來呀，動起來。說話！來呀！動一動！」

木偶在文尼手中鬆垮垮地晃動著。他的頭先是往前垂，接著又向後翻仰，雙臂毫無生氣地懸在身體兩側。

哈丁太太皺著眉頭說道：「我不知道你們是怎麼一回事，但是那個木偶絕對不是活的，他不過就是幾塊彩繪木頭跟一件西裝和領帶的組合。無論你唸多少魔咒，木偶都不會復活。」

她轉過身朝門口走去：「你們昨天晚上是做了噩夢還是怎樣？」

文尼站在那裡，木偶仍然無力地掛在他的雙手間：「媽，聽我們說……」

這句英文怎麼說?

我不知道你們是怎麼一回事。

I don't know what your problem is.

「不，我什麼都不想聽。」她回答。她在臥室門口停了下來：「把那個東西還給伊安，馬上！他是伊安的生日禮物。我懶得問你們他是怎麼來的。我希望是伊安把他借給你們一段時間，但是現在我要你們把他還回去。去，穿上鞋子，把他帶回伊安家。」

她走出房間，關上身後的臥室門。

哈丁太太一離開，史賴皮就抬起頭來。他眨了眨眼睛，咧開的紅唇似乎變得更寬了。

「媽媽是英明的，男孩們。」他說。

28.

幾分鐘後，強尼和文尼從廚房後門離開家。木偶倒掛在文尼肩膀上，當他走過草坪時，史賴皮的頭撞在他背上。

「別顛得這麼厲害。」木偶粗聲說道。「我會咬人，你知道的。」

清晨的太陽還是紅色的，低掛在天空中。草地因爲晨露的關係而溼漉漉。他們穿過鄰居的院子，過了馬路。

「伊安會很驚訝。」強尼咕噥道。

「伊安很驚訝他有十根手指頭！」史賴皮插話。

這讓兩個男孩都笑了。

這句英文怎麼說?

饒了我們吧。

Give us a break.

「我比較喜歡你欺負伊安而不是我們。」文尼說。

「你們兩個比我低等。」史賴皮說道。「你們不值得我浪費時間。你們蠢到整個晚上熬夜，只爲了學習如何挖鼻子！」

「饒了我們吧。」文尼喃喃道。

他們隱身在高大的籬笆後面，沿著一條狹窄的小巷走。

「強尼。」史賴皮說。「如果把你的大腦放進狗的腦袋瓜裡，你知道會得到什麼嗎？一隻非常愚蠢的狗。哈哈哈哈！」

「不好笑。」強尼說。

「沒有你的臉那麼好笑。」史賴皮回答道。「你的臉還痛嗎？」

「不痛。」強尼說。

「好吧，不過我快被它笑死了！哈哈哈哈！」

他們沿著小巷走到街區的盡頭。史賴皮整個身體掛在文尼肩膀上，頭部在文尼背上一彈一彈的。文尼用雙手抓住木偶的兩條腿。

突然，木偶拉回了一雙厚重的鞋子，猛烈地踢了一下文尼的肚子。

「噢……」文尼呻吟著彎下腰。「嘿，這是爲什麼？」他問道。

「爲了好玩！」史賴皮回答道。「我就是喜歡踢東西⑪！哈哈哈哈！」

史賴皮轉向強尼。「試著跟上。你的課後輔導都在教磕磕絆絆走路嗎？」

強尼低聲嘀咕了什麼。

「知道什麼能夠讓你聰明些嗎？」史賴皮問他。

「不知道。」強尼說。

「我也不知道！哈哈哈！」

文尼轉向他的兄弟：「我希望我們不曾綁架過這個混蛋。」

兩人繼續前進。

他們等兩輛越野車開過去後，才越過馬路進入伊安家的街區。

巴爾克家的紅磚房子位於街區中間，由兩棵枝葉茂盛的楓樹遮蔽。莫莉的銀色滑板車側躺在車道附近，在早晨的陽光下閃閃發光。

「男孩們，你們能揮手再見嗎？」史賴皮說道。

「啥？你是什麼意思？」文尼問道。

這句英文怎麼說？

你是什麼意思？
What do you mean?

「再見。」史賴皮又給文尼的肚子來上一腳。

突如其來的疼痛讓文尼倒吸一口氣。

當他試著平復呼吸時，史賴皮趁機滑下他的肩膀。他沉重的皮鞋接觸到地面時發出悶聲，然後木偶跑了起來，跨著鬆垮垮的雙腿，飛奔過後院拐角處。

「再見了，老兄！再見！」

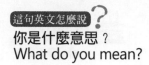

29.

「阻止他！」文尼呻吟著，仍然抱著他發痛的肚子。

強尼看著木偶穿過一條車道，蹣跚地繼續跑進下一個院子。「讓他去。他很危險。」

「不！」文尼叫道。他直起身體，做幾次深呼吸後，開始追著木偶跑，並用雙手示意強尼跟上。

「不能讓伊安知道是我們把他偷走的。」文尼解釋道：「如果他們發現我們昨晚闖入房子，還綁架了那個愚蠢的木偶，我們就有大麻煩了。我們會完蛋的！」

強尼意識到文尼說的沒錯，於是悶頭跟在他身邊跑了起來。兩人的鞋子重重

這句英文怎麼說？

你放棄了嗎？
Do you give up?

踏在草坪上。

木偶跑不快。他的雙腿沒有重量又軟彈，可是大大的鞋子卻很沉重。他跑得很彆扭，像一隻新生小馬正在嘗試小跑步。

文尼從後面追上史賴皮。他用雙臂攔腰抱住史賴皮將他撞倒到地，史賴皮的腦袋瓜重重地磕碰在地上。文尼趴在木偶身上，將他的臉壓進溼溼的草叢中。

他抓住木偶的兩條手臂，把它們扭在背後。

「投不投降？」文尼氣喘吁吁地問道：「你放棄了嗎？」

史賴皮旋轉頭部，直到臉完全轉向後面，然後他抬起頭，用力狠狠地一口咬上文尼的鼻子。

文尼痛苦得尖叫，滾離了木偶。他用手撫摸著鼻子，試圖擦去疼痛。

頭部整個反轉的史賴皮對他咧嘴一笑，但是沒有試圖逃脫。

「你爲什麼這麼做？」強尼問道。他在木偶上方彎下腰，雙手撐在膝蓋上，準備在木偶試圖跳起來再次逃逸的時候抓住他。「你爲什麼逃離我們？」

「呃……讓我想想……因爲我不喜歡你們？」史賴皮回答道。這個木偶竊笑著：「實際上，我認為你們兩個奴隸需要一些鍛鍊。你的肚子比你的人還先進到房間裡並不是好事！哈哈哈！」

「別再說玩笑話了。」文尼說。「我們就要帶你去找伊安了，你還想怎麼樣？」

「我想先拿那張紙條。」史賴皮說。「這就是我跑走的原因。現在，讓我們辦正事，奴隸。」

文尼把史賴皮從地上抓起來，將木偶甩到肩膀上，喃喃道：「伊安可以當你的奴隸。」

「你們都會是我的奴隸！」史賴皮憤怒地尖叫道。「你不會想讓我再噴你一身的黏液，對吧？」

文尼打了個寒顫。他再次想記起那些臭氣沖天的灼熱黏液，沾滿他和強尼一身，灼傷他們的皮膚，令人反胃。

「好啦，好啦！」他說。「強尼和我會搜尋那張紙條。」

他們站在隔壁鄰居的前院，注視著伊安家。陽光照射著窗戶，以至於他們看不見裡面的情況。

這句英文怎麼說?

要有禮貌。

Be polite.

「我們遇到了一個問題。」強尼說。「我們不希望他們看到我們，對吧？我們不想讓他們知道是我們偷走這個蠕動的怪東西。」

癱在文尼肩膀上的史賴皮揮動手臂，用他的木手打強尼的臉。「要有禮貌。不要罵人，你這個白痴。」

「我們可以把他丟在前門臺階上就跑掉。」文尼說。

「不，不好。」強尼回答說。「客廳裡的人可能會看到我們。」

他們又回去盯著房子看。

「不要傷你們的腦筋了，男孩們。」史賴皮說。「思考是『男人』的工作！既然你們以前從來沒有這麼做過……」

「我有個主意。」文尼說。

30.

「我們把他扔到車庫後拔腿就跑。」文尼說。

他們雙雙把目光轉向房子後面的方形白色車庫。車庫門是關著的，可是他們都知道巴爾克先生從來不鎖門。文尼來來回回觀察著車道。它是空的。

這是否意味著巴爾克一家人都不在家？他們的車現在正停在車庫裡？

這都沒關係。文尼確信，這是藏起史賴皮又不會被看見的完美地點。

「聽起來像是可行的計畫。」強尼對文尼說。

「聽起來像是個蹩腳的計畫。」史賴皮插話說道。

男孩們不理會木偶。他們沿著鄰居院子的一側潛行，在一排常綠灌木叢後面

這句英文怎麼說？

聽起來像是個彆腳的計畫。

Sounds like a lamebrain plan.

蹲伏著，然後穿過巴爾克家的車道，衝向寬闊的白色車庫門。

強尼抓住門中央的把手把門拉起來。車庫門很輕易就滑開來。開到一半時，他們看到巴爾克先生的藍色佳美停在裡面。

文尼聽到什麼聲音快速轉過身來。是廚房門被打開的聲音嗎？

不，應該是樹枝在吱吱作響。

他鬆了一口氣，低下頭把木偶帶進車庫。

強尼也跟著進去，低聲說：「動作快點。我聽到屋子裡有音樂聲，他們絕對在家。」

文尼環顧車庫內部，兩旁牆上的貨架上，放著工具、折疊式草坪家具、一袋袋的肥料和園藝用土。電動割草機靠在後方的牆上，旁邊則是一條捲起來的綠色花園水管。

「這裡，這裡可以。」文尼說。他把史賴皮放在汽車的後車箱上，就靠坐在後擋風玻璃窗。

「我不喜歡這裡！」史賴皮邊說邊左右搖頭。「抱歉，奴隸們。我一點也不喜歡這裡。」

「太糟糕了。」文尼說。他輕輕推了強尼一把。「我們離開這裡吧！」

「當我不喜歡某件事的時候，你們知道我會做什麼嗎？」木偶惡狠狠地說道。

「好好看著。」

史賴皮舉起雙手——然後車庫門「砰」地關上了。

「嘿！」強尼嚇得發出叫聲。他和文尼就站在車庫門不遠處，兩個人都嚇得往後跳。強尼抓住內側的門把用力拉。門文風不動。他又用力拉了拉，然後轉向史賴皮：「讓我們出去！」

史賴皮把頭往後一甩，發出瘋狂的笑聲。他再次舉起雙手，像管弦樂隊的指揮一樣上下移動。

當園藝工具從架子上飛出來時，兩個男孩不得不閃閃躲躲。

鋼製的籬笆修剪刀在文尼頭上幾英寸的地方飛過，撞上汽車側面反彈落下。

「哇！等等！停下來！」文尼喊道。

史賴皮舉起雙手。原本捲好的花園水管鬆了開來，開始在車庫周圍灑水；汽

這句英文怎麼說？

汽車喇叭開始鳴響。
The car horn began to honk.

車喇叭開始鳴響；電動割草機咆哮著啓動。

「停下來！停下來！」文尼尖叫道。

強尼奮力跟車庫門把搏鬥，但就是沒辦法滑開門。花園水管噴出的冷水柱擊中他的後背，害他驚聲尖叫起來。

兩面牆上的架子現在都是空的，因爲所有工具都飛了出來。沉甸甸的土壤和肥料袋拍打著汽車引擎蓋，然後滑到車庫地板上。

史賴皮揮舞著手臂，指揮這場可怕的混亂，興高采烈地笑著。

喇叭不停地發出聲響。

「住手！史賴皮，停下來！」文尼懇求道。

在飛濺的水柱、電動割草機的轟鳴聲，以及震耳欲聾的喇叭聲響中，男孩們從車庫外面聽到一聲吼叫。

「嘿，裡面是怎麼一回事？」

是巴爾克先生。

強尼轉向文尼，說：「我們慘了。」

31.

史賴皮垂下雙手，頭部向前低垂，整個癱倒在後車箱上。花園水管瞬間掉到地板上，割草機和汽車喇叭也一時沒了動靜。

車庫間瞬時鴉雀無聲。

渾身濕透又發抖的兩個男孩在突兀的寂靜中，眼睜睜看著車庫門自己開啓。

巴爾克先生穿著灰色運動衫，探頭往車庫裡看，當他看到一團混亂和損壞時，震驚得睜大了眼睛。

「搞什麼鬼！」他大叫道。

「不是我們做的！」文尼喊道。

這句英文怎麼說？

都濕透了。

It's all soaked.

「我……我眞不敢相信。」巴爾克先生幾乎說不出話來。「東西全部都在地上？所有的東西……都……都溼透了！」

「我發誓不是我們做的！」文尼堅持道。

巴爾克先生不可置信地眨著眼睛，整張臉變成鮮紅色。他搖了搖頭：「不……這太誇張了。」

「不是我們。」強尼說，「文尼說的是實話。」

巴爾克先生轉過身來，好像第一次見到他一樣。他從文尼看到強尼，試圖看出什麼蛛絲馬跡。

「你們兩個！」他終於說話了。「你們在這裡做什麼？你們爲什麼會在車庫裡？」

「說來話長。」文尼說。

「不是我們弄的，眞的。」強尼再三重複道。「是木偶做的。我們正要把他還回來，然後……然後它就發瘋了。」

巴爾克先生轉向車子。他看到史賴皮疊坐在後車箱上，頭枕在雙腿之間。

他沉默地看著那個沒有生氣的木偶好長一段時間，最後說：「小伙子，你們的麻煩大了！我們得找你們的父母過來長談一番。看看我的車庫，看看你們弄出來的一團糟！」

「但是……」文尼試圖辯解。

巴爾克先生舉起一隻手，示意他保持安靜，他搖搖頭說：「我希望你們兩個可以解釋這麼做的原因。不過我有一種感覺，你們沒辦法解釋。」

當伊安跑進車庫時，他們三個都轉向敞開的車庫門。「嘿，你們找到了史賴皮！」他喊道。「他在哪裡？」

「你的表兄弟帶走了他。」巴爾克先生輕聲說道。「結果他並不是自己走出去的。」

伊安看看強尼又看看文尼。「你們帶走了他？」

文尼點點頭：「那是個……玩笑。」

「搗毀我的車庫可不是開玩笑。」伊安的爸爸說。「深夜潛入我們的房子，還偷走屬於伊安的東西也不是玩笑。」

這句英文怎麼說？

這只是個惡作劇。

It was just a prank.

「這只是個惡作劇！」強尼說。「我們沒想要造成任何傷害。」

「你們已經造成了很多傷害。」巴爾克先生對他說道。

「但那是木偶……」文尼試圖辯解。

巴爾克先生指著木偶，他仍然毫無生氣地面朝下躺在後車廂上。「你需要編一個更好的故事，小伙子。這個行不通。」

巴爾克先生走上前，將史賴皮從車上抬起。

「你看看，伊安。」他父親說。「你現在可以不用擔心了。是你的表兄弟，是他們帶走了木偶，木偶並沒有活過來。史賴皮是完全無害的。」

伊安沒有接話，他知道史賴皮的眞面目，他知道他父親弄錯了。

他們四個人都離開了車庫，大步穿過車道走向廚房門口。四個人中，唯有伊安看到史賴皮歪著頭，頑皮地眨了一下眼睛。

32.

這個早上對巴爾克家來說並不是個愉快的早晨。巴爾克先生不得不打電話給強尼和文尼的父母，告訴他們孩子們幹了什麼好事。他們談了很長一段時間。

哈丁夫婦同意兩個男孩要被禁足一個月，強尼和文尼不得不答應清理車庫，確保讓一切都回復原來的樣子。

「而且你們不該再談論伊安腹語木偶的愚蠢故事了。」哈丁太太補充道。

強尼和文尼低聲嘀咕著什麼。

「爲什麼沒有人相信我們？」強尼問道。

「因爲你們是騙子？」莫莉說。

這句英文怎麼說？

我們可以休戰嗎？
Can we have a truce?

巴爾克先生將車停在車道上，讓兩個男孩更方便清理車庫。強尼和文尼已經工作了一個小時。他們將園藝工具堆放回架子上，把花園水管捲起來，放回水管架上。上午剩下的時間他們都在清理，但還有許多其他事要完成。

男孩們工作的時候，伊安把史賴皮帶到了閣樓，把他鎖在行李箱裡，並且確保有鎖緊。

大家一起吃了午飯，然後巴爾克先生就消失在樓下的人偶工作室去工作了。

剩下四個孩子仍然待在餐桌上，吃著甜點巧克力餅乾。莫莉坐在桌子一端，艾比蓋兒被她抱在胸前。文尼指著她吃了一半的餅乾：「剩下的妳還要嗎？」

莫莉把餅乾移到他搆不到的地方：「當然要，你別想得到它，『肥臉』。」

文尼嘆了口氣：「聽著，我們可以休戰嗎？我是認真的。」

莫莉懷疑地看著他：「休戰？你真的知道這個詞是什麼意思？」

文尼點點頭。他降低了聲音：「我們四個人必須團結起來。我們必須停止一直爭吵。」

強尼靠在桌子上，一貫的笑容消失了。他臉色蒼白，一臉嚴肅輕聲說：「聽聽文尼怎麼說。」

「你爸爸弄錯了。」文尼說。「關於木偶的事，他完全弄錯了。」

伊安斜睨著他，心裡清楚文尼說得沒錯。

「你跟我一樣清楚，史賴皮是活的。」文尼低語說道。「是他把車庫搞得一團亂。強尼和我沒那麼蠢，我們為什麼要讓自己惹麻煩？當然不是我們弄的。」

莫莉大笑：「你是想嚇唬我們嗎？」

「你應該要害怕。」強尼告訴她。「史賴皮是活的，而且他很危險。」

「我知道你說的是實話。」伊安終於開口。「才藝表演的時候，是史賴皮對大家說了所有那些粗魯、可怕的侮辱，不是我！他完全不在我的控制下。他……他當時是活的！」

莫莉把艾比蓋兒抱得更緊了：「如果那個木偶真的是活的，我們應該怎麼做？就只是把他關在行李箱裡？」

「也許我們應該把他切成兩半或什麼的。」伊安說。

「不，不行！」強尼很快地回答。「他……他有力量，他有能力傷害你。他

這句英文怎麼說?

你是想嚇唬我們嗎?
Are you trying to scare us?

對文尼和我噴東西，把我們燙傷了。」

「你也看到他在車庫裡做了什麼。」文尼補充道。

「那麼我們該怎麼做才安全?」伊安問，聲音比耳語大不了許多。

文尼緊張地用指尖點著桌面：「他跟我們說過該怎麼做。他告訴我們如何讓他再度沉睡。」

「嗯?」伊安驚訝得嘴巴都張開了。

「他命令我們找到那張紙條。」文尼說。「那張有怪異字詞的紙條。」

「他不希望有人再次大聲朗讀這些話。」強尼補充道。「因爲那樣會讓他沉睡不起。」

「他想永遠醒著，」文尼低聲說。「這樣他就可以讓我們成爲他的奴隸。」

「那張紙在哪裡?」莫莉問道。「我們是在爸爸的工作室裡發現它的。你有拿走它嗎，伊安?」

伊安皺著臉，閉上眼睛苦苦思索：「我不記得了。」

「也許你把它留在樓下。」文尼建議道。

伊安點點頭：「沒錯，也許我把它留在爸爸的工作檯上。」

文尼把椅子往後推，椅子刮著廚房的地板發出巨大的聲響。「來吧。快點，伊安。我們來找那張紙條。」

伊安領著其他三個人下樓，去他父親的玩偶醫院。

在明亮的燈光下，巴爾克先生正俯身在工作檯上的娃娃之上。他的一隻手壓住娃娃，另一隻手拿著熱熔膠槍。

當四個孩子向他走來時，他驚訝地轉過身來：「嘿，你們想要什麼？」他瞥了一眼莫莉：「艾比蓋兒又壞了嗎？」

她搖搖頭表示沒事。

伊安立刻看到那張紙，它就放在工作檯的一個角落。他對爸爸說：「我們需要那張紙。」然後伸出手去拿它。

令他吃驚的是，有另一隻手從後面抓住它。

伊安大吃一驚盯著史賴皮。咧嘴笑開懷的木偶走向工作檯，呆滯的雙眼盯著伊安手中的紙條。

這句英文怎麼說?

她搖搖頭表示沒事。

She shook her head no.

「你……你是怎麼下來的?」伊安結結巴巴地說。

「不重要!」文尼喊道。「我們必須唸出那些字。」

他從伊安的手中抓起紙,開始朗讀:「卡魯・馬里・歐朵那……」

33.

在文尼唸完之前，木偶向他撲去。史賴皮又快又狠地揮動他的大木手，一把打在文尼下巴之下。

文尼雙眼突出，等到疼痛感席捲他的腦袋時，他開始呼吸困難。他抓住發痛的喉嚨，那張紙就這樣從他手中飛出去。

伊安試圖把它撈回來，但是被史賴皮搶先一步，很快地把那張紙撕成碎片，他們只能看著碎片飄落到地板上。

然後史賴皮把頭往後一仰，笑聲響徹天花板。「我還活著！」他尖叫道。「我長生不老！哈哈哈哈！」

這句英文怎麼說？

放開我。

Let go of me.

文尼還在揉著喉嚨，伊安從喜孜孜的木偶身邊退了開來。

史賴皮站在地板上，勝利地高舉手臂過頭，發出難聽的咯咯歡笑聲。

「準備好開始你們的新生活吧！」他大喊道。「你們的新生活，就是當我的奴隸！」

莫莉雙手摀住臉，發出驚恐的叫聲，退縮到牆邊，強尼則盯著地下室地板上的紙片。

「這不是真的。」伊安小聲說道。

「我是眞的！」史賴皮大喊道。「不要像木頭一樣站在那裡，快向你的新主人問好！」

「我不這麼認為。」巴爾克先生輕聲說道。

他緊緊抓住木偶，用兩隻手臂環抱住他，把他壓制在原地。「快點，伊安！」巴爾克先生喊道。「把他的頭扭下來。快點！」

史賴皮奮力掙扎扭動，但是巴爾克先生私毫不鬆懈。

「放手！放開我，奴隸！」

伊安舉起雙手向正在掙扎的木偶走了一步。他有些遲疑。

「抓著！抓住他的頭！」巴爾克先生氣喘吁吁地喊道。「快點，伊安。我堅持不了多久。快點！把他的頭扭下來！」

「不！」木偶發出的尖銳叫聲迴盪在地下室低矮的天花板。他用力矮下身子，試圖躲開巴爾克先生的箝制。

伊安走近尖叫的木偶，他的手顫抖著，怦怦跳的心臟聽起來像胸口有雷聲。

史賴皮低下頭，扭動整個身體，試圖踢他的捕獲者。

伊安把手架在木偶脖子上。

「現在！」巴爾克先生大叫。「現在就動手，伊安！」

伊安深吸一口氣，屏住呼吸，然後緊緊捏著木偶的木頸……一把把頭扭了下來。

34.

巴爾克先生放開手，木偶的身體順勢滑到地板上。

伊安癱靠在工作檯邊上，試圖平復呼吸，兩隻手還握著史賴皮的腦袋。木偶的兩隻眼睛呆滯地看著他，嘴巴鬆鬆地張開著。

莫莉、文尼和強尼一動也不動。地下室一片寂靜。

然後，伊安雙手之間的頭眨了眨眼睛，兩片嘴唇上下滑動時，發出「啪噠」的聲音，接著史賴皮的腦袋尖叫著：「你們不應該那麼做的，奴隸們！」

伊安嚇得放聲尖叫，把手上的頭丟到工作檯上。

那顆頭滾動著彈到牆上，最後下巴朝下停在桌面上。伊安看到史賴皮的身體

這句英文怎麼說?

伊安嚇得放聲尖叫。

Ian screamed in horror.

站了起來，開始在地下室蹣跚而行。

強尼和文尼退到牆邊，嚇得臉色發白。莫莉呆住了，緊緊把艾比蓋兒抱在胸前，目不轉睛地盯著桌上的木偶頭。

「你們不應該！不應該！」那顆頭繼續尖叫道。「現在你們必須付出代價！」

所有人都嚇傻了。史賴皮的身體終於停止步履蹣跚的徘徊。它直直站著，高舉雙手在空中朝地下室牆壁上的架子揮舞著。

安靜。

過了很長一段時間，什麼也沒發生。

然後伊安聽到咯聲。

還有沙沙聲、刮擦聲。悶悶的撞擊聲。

眼角有什麼在動，於是他抬頭看著架子，不禁倒抽了口氣，好不容易擠出一句：「娃娃們！」

現在大家都看到了。那些壞掉的娃娃都紛紛坐起或站起來，它們從架子上爬下來，跳到地下室的地板上。

這句英文怎麼說?

現在你們必須付出代價！

Now you have to pay the price!

它們全都在移動。它們擺動自己的手臂和腳，從架上落到地板上，然後站起來，揮舞著手臂，搖晃著腦袋，測試自己的活動能力。

活生生的！這些娃娃全都活了過來！

史賴皮的身體高舉雙手站著，而工作檯上的頭部則發出狂熱的笑聲。

伊安往父親身邊靠近，兩人看著那些壞掉的娃娃向他們走去。單腿人偶……無臂人偶……無頭人偶……從地下室四周移動。

他們的腳點擊並刮擦地板……頭部傾斜和搖晃……醜陋破碎的人偶……數以百計……一切都驚人的前進……朝伊安、他的父親、莫莉和兩個表兄弟逼進。

伊安眼角餘光瞄到史賴皮的頭在工作檯上興奮地上下跳動。它張開嘴，在勝利中咯咯地笑。「對！太好了，我的小人偶奴隸！」史賴皮的頭尖叫起來。

「幹得好！不斷湧來。抓住人類！抓住所有的人！」

35.

第一個娃娃攻擊過來時，伊安尖叫了起來。那是一個高大的紅髮男洋娃娃，它沒了眼睛。伊安試圖把它踢走，但是它越過他的鞋子，從正面抓住他的T恤。兩個單腿娃娃在工作檯上亂竄，撲到巴爾克先生的背上。當他試著甩掉他們時，一個沒有腿的娃娃用兩隻手緊緊攀附在他的右腳上，另一個娃娃跳到他頭上扒著他的臉，試圖悶住他。

更多娃娃從架子上衝下來，地下室的地板上到處都是娃娃們醜陋破碎的身體。它們蹣跚、跌跌撞撞、碰碰跳跳向前行，全員沉默地向著伊安和其他人的方向移動。奴隸、壞掉的娃娃奴隸，全都遵循史賴皮的命令。

這句英文怎麼說？

他又是腳踢又是捶打。
He kicked and thrashed.

強尼和文尼兩人都倒在地板上，正在跟大型布娃娃搏鬥。莫莉一腳踢開一個沒有頭的芭比娃娃，但旋即有三個大型的單臂嬰兒娃娃蜂擁而上。

人類的尖叫和哭喊聲，幾乎要被那些娃娃攻擊時發出的刮擦、嘩啦聲給淹沒。在這些恐怖的聲響中最明顯的，是來自工作檯上嘴巴大張的木偶頭所發出的陣陣邪惡笑聲。

正當伊安奮力將一隻毛茸茸的小熊玩偶從臉上推開，他看到史賴皮的身體跌跌撞撞朝他走來。伊安用力把小熊玩偶甩到一邊去，但是有兩個沒有頭的娃娃正緊緊抱住他的膝蓋往上攀爬。

史賴皮的身體經過伊安身邊。雖然沒有了頭，它的領結卻還好好的繫住。沒了頭的身體走近工作檯，用雙手抓住頭部，然後將它塞回木製頸部上。

「不！」伊安尖叫著，這時兩個娃娃從後面推他的腿意圖讓他跌到。伊安膝蓋一彎倒在地上，六個五體不全的娃娃馬上朝他湧來。

他又是腳踢又是捶打，試圖翻過身，但是娃娃們壓制住他。一個大型的金髮新娘娃娃趴在他的嘴和鼻子上，白色的新娘禮服蓋在他臉上，伊安連呼吸都很勉強。

突然，混亂中一個聲音大喊道：「住手！」

伊安呻吟著推開新娘娃娃坐了起來。當他看到莫莉的古董洋娃娃艾比蓋兒時，驚恐得倒抽一口氣——艾比蓋兒從莫莉懷裡跳下來，在地上邁步走了起來。

艾比蓋兒跳上工作檯，用尖銳的聲音高喊：「停止！馬上住手！」

然而娃娃們繼續朝人類蜂湧而去。頭已經裝回去的史賴皮迅速往艾比蓋兒移動。「妳是哪位？」木偶憤怒地尖叫道。「妳竟然膽敢試圖阻止我的娃娃奴隸大軍！」

他伸手去抓艾比蓋兒，但是她躲掉了。

她轉身面對他，精緻的臉上一雙炯炯有神的藍色眼睛。

接著，她張開蒼白的嘴唇，用尖細的聲音響亮又清晰地喊道：「卡魯．馬里．歐朵那．洛馬．莫洛奴．卡拉諾！」

36.

史賴皮眨了幾下眼睛後，接著眼睛「刷」地突然緊閉，身體蜷縮成一團。史賴皮就這樣癱倒在伊安腳邊的地板上，頭也和身體分離了，伊安看著它一路往牆壁滾去。

艾比蓋兒坐在工作檯的邊緣，向下凝視著史賴皮動也不動的身體，除了蒼白的嘴唇露出淡淡的笑容，臉上毫無表情。

破碎的人偶全部都癱倒在地上──有背部著地的、面朝下的、側躺的，死氣沉沉，靜止不動。倒在地上的強尼把胸前巨大的人偶推開，然後把它用力丟到房間另一邊去。

這句英文怎麼說?

破碎的人偶全都癱倒在地上。

The broken dolls all collapsed to the floor.

他大口喘著氣站了起來，通紅的臉上汗涔涔的，他伸出手幫文尼站起來。文尼的肩膀上還纏著一個娃娃。他抖了抖身體，娃娃「啪噠」一聲跌在地板上。

伊安緊挨著爸爸站，他們倆看著房間裡的狀況，驚訝地看著地板上的躺成一片的娃娃——一度活生生而如今破破爛爛的娃娃，試圖要殺死他們的娃娃。

「我們沒事了。」巴爾克先生最後說道，臉上露出一絲笑容。「我們沒事了。」

下個瞬間他們全都擁抱在一起。一個團體擁抱，慶祝他們勝利的擁抱。史賴皮沉睡著，他再也無法傷害他們了。他們抱在一起開心地笑著，巴爾克先生的眼中有歡欣的淚水。

他摟著伊安的肩膀搖搖頭說：「伊安，我想史賴皮算不上是我給你的最好生日禮物。別擔心，我要把他鎖在沒有人能夠找得到的地方。」

「很好！」他們背後響起的聲音說道。伊安轉身看到艾比蓋兒站在工作檯上，她的小手壓在復古禮服的兩側。等所有人的目光都集中到她身上後，艾比蓋兒又重複說道：「很好，我真是受夠了那個木偶獲得的關注。現在，把這個爛攤子清理乾淨，奴隸們！然後，把我的午餐端上來！」

我是史賴皮。

或者可以說，是史賴皮的殘渣。

你沒看過這麼悲慘的結局吧？

我號啕大哭[12]得眼睛都要掉出來了……但是我還想保持頭腦清醒[13]！

這裡誰是老大？我眞的很不高興。如果史賴皮不高興，史賴皮就會想報仇，有人就要遭殃了[14]！

哎呀，我剛剛說了什麼呀？

好吧，別擔心，奴隸們。我會振作起來的。很快，我就會重新出現在另一個史賴皮故事裡。

記住，這是史賴皮的世界。你在這裡能做的，只有尖叫了！

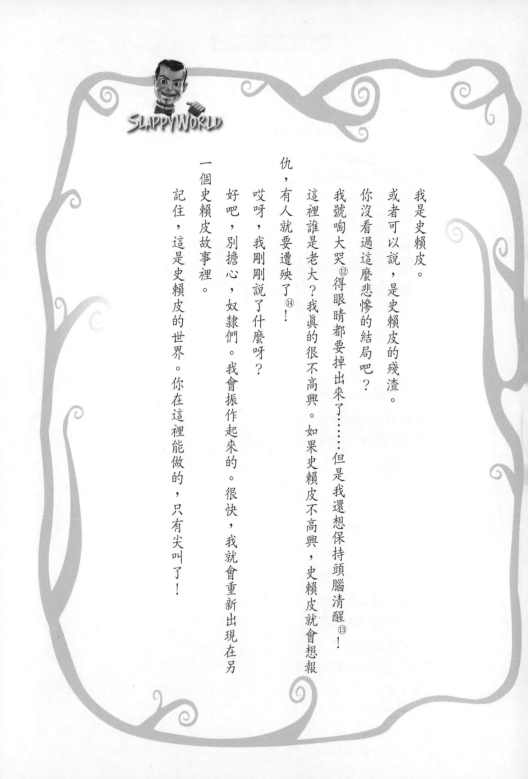

這句英文怎麼說

中英對照表

- 我們不要操之過急。
  Let's not get ahead of ourselves.
- 我真是大開眼界。
  I'm so totally impressed.
- 你們有在聽我說話嗎？
  Have you heard a word I said?
- 已經不好玩了。
  It just isn't funny anymore.
- 我隨後就到。
  I'll be there in a few seconds.
- 那是意外。
  It was an accident.
- 莫莉翻了個白眼。
  Molly rolled her eyes.
- 文尼舉起雙手讓步。
  Vinny raised both hands in surrender.
- 不准打架！
  No fighting!
- 伊安比賽不老實。
  Ian won't play fair.
- 它有點刮痕。
  It got a little scratched.
- 他是一個二手木偶。
  He's a used dummy.
- 你要把他弄壞了。
  You're going to wreck him.
- 等一等。
  Hold on.

這句英文怎麼說

中英對照表

輪到我了。
My turn.

我已經猜到了。
I already guessed it.

我討厭被吊胃口。
I hate suspense.

它看起來像個鬧鬼的房子。
It looks like a haunted house.

伊安打了個哆嗦。
Ian shivered.

我能讀到你的想法。
I can read your mind.

伊安，你有刮目相看嗎？
Ian, are you impressed?

他突然感到有些緊張。
He suddenly felt tense.

你能聽見我嗎？
Can you hear me?

克勞斯曼博士帶著我們四處參觀。
Dr. Klausmann was showing us around.

這個博物館很不對勁。
There's something very strange going on in this museum.

回答我
Answer me.

他看著伊安好一會兒
He gazed at Ian a long time.

小心點！
Watch it!

這句英文怎麼說

中英對照表

你完蛋了。

You're doomed.

文尼打破了沉默。

Vinny broke the silence.

他鬆了一口氣。

He breathed a sigh of relief.

我們走著瞧。

We'll see.

伊安打了個哈欠。

Ian yawned.

不可能。

No way.

你怎麼可以這麼壞？

How can you be so mean?

他一定發高燒了。

He must have a really high fever.

伊安整個星期都被禁足了。

Ian was grounded all week.

我們會有幾百萬的訂閱量。

We're going to have millions of subscribers.

那將會由我們來評判。

We'll be the judge of that.

我發誓。

I swear.

你會頭昏嗎？

Are you dizzy?

今天真是超級不順。

This day isn't going well at all.

這句英文怎麼說

中英對照表

- 你這個變態！
  You creep!
- 別想怪到我身上。
  Don't try to blame me.
- 我打賭會很有趣。
  I'll bet it's funny.
- 木偶的笑容是不是比以前還大了點？
  Was the dummy's grin a little wider than before?
- 你可以搞笑而不失禮。
  You can be funny without being rude.
- 你的麻煩大了。
  You're in a lot of trouble.
- 你為什麼要這樣對我？
  Why are you doing this to me?
- 現在他整個人繃緊了神經。
  His senses were all alert now.
- 伊安感覺膝蓋一軟。
  Ian felt his knees start to fold.
- 逮到他了！
  Got him!
- 伊安的心開始激烈跳動。
  Ian's heart began to pound in his chest.
- 他們互相擊掌。
  They slapped high fives.
- 他會嚇壞的。
  He'll freak out.
- 我需要練習。
  I need to practice.

這句英文怎麼說

中英對照表

你害我流鼻血！
You gave me a nosebleed!

強尼尖叫起來。
Jonny screamed.

我們不應該綁架他的。
We never should have kidnapped him.

我不這麼認為。
I don't think so.

你會放過我們嗎？
Will you leave us alone?

你們到底在說什麼？
What on earth are you talking about?

我不知道你們是怎麼一回事。
I don't know what your problem is.

饒了我們吧。
Give us a break.

你是什麼意思？
What do you mean?

你放棄了嗎？
Do you give up?

要有禮貌。
Be polite.

聽起來像是個蹩腳的計畫。
Sounds like a lamebrain plan.

汽車喇叭開始鳴響。
The car horn began to honk.

都濕透了。
It's all soaked.

這句英文怎麼說

中英對照表

這只是個惡作劇。
It was just a prank.

我們可以休戰嗎？
Can we have a truce?

你是想嚇唬我們嗎？
Are you trying to scare us?

她搖搖頭表示沒事。
She shook her head no.

放開我。
Let go of me.

伊安嚇得放聲尖叫。
Ian screamed in horror.

現在你們必須付出代價！
Now you have to pay the price!

他又是腳踢又是捶打。
He kicked and thrashed.

破碎的人偶全都癱倒在地上。
The broken dolls all collapsed to the floor.

美式俚語這樣說

中英對照表

① take the cake 最糟糕、差勁的事物

直譯是「把蛋糕拿走」。cake 除了蛋糕的意思，在過往曾作為比賽獲勝所獲得的獎賞，因此 take the cake 照理說是拔得頭籌，無人能及的意思，但這句話其實主要是用來反諷，有點像是中文說的：「你還真是糟到無人能及的地步啊！」

② give an arm and a leg 很想得到某物或很想做某件事

直譯是「獻出一條手臂及腿」，表示為了得到某事或某物而不計一切代價的意思。

③ No big whoop. 沒什麼大不了的。

whoop 是「激動大叫」的意思，沒什麼好大叫的，意思就是說不用大驚小怪。

④ Beats me. 考倒我了。

看到這句話千萬不要以為是說話者要人家打他啊！這句英文俚語的意思是「你問倒／考倒我了」，用在無法回答別人的問題時。

⑤ Give me a break! 得了吧！饒了我吧！

直譯的意思為「給我點休息時間吧！」，這句話言下之意就是「放過我吧！饒了我吧！」的意味。

⑥ Break it up. 別吵了，住手。

break up 本身有「分開」的意思。這句話常用在勸架時，要雙方分開冷靜，停止扭打。

⑦ not have a clue 想不到

clue是「線索」，沒有線索，就是「摸不著頭緒、想不到」的意思。

⑧ What's all the racket? 在吵什麼？

racket這個名詞除了有「球拍」之意，還代表「吵鬧、喧嘩」的意思。

⑨ under a rock 與世隔絕，不明世事

這句話完整的用法是live under a rock，「活在石頭下」表示就像活在洞穴裡的人一樣，不黯世事。史賴皮在本集中故意說強尼和文尼兩兄弟出生的地方就是「石頭下」，用意也是在諷刺他倆不懂事、搞不清楚狀況。

⑩ be worked up 激動

表達某人激動或暴躁都可以用這個片語。

⑪ get one's kicks from sth. 從某種事物中獲得樂趣

這又是史賴皮的雙關玩笑話，當他踢了文尼的肚子後，說：「我就是喜歡踢東西！」其實言下之意也是說自己很喜歡欺負別人來找樂子。

⑫ cry one's eyes out 嚎啕大哭

這個片語很好理解。把眼睛都快哭出來了，當然就是指嚎啕大哭的意思囉！

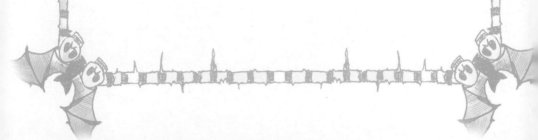

⑬ keep one's head 保持清醒

不得不說，史賴皮真的很會玩雙關，經過一番折騰，連頭都掉下來後，他只想「保有他的頭」，而這句話其實在口語上也有「保持清醒」的意思。

⑭ heads will roll 有人要遭殃了

「有頭會滾下來」，不難想像這是代表有人大難臨頭，快遭殃的意思。

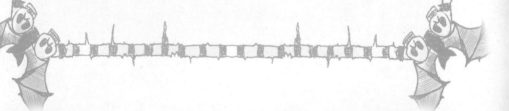

全球銷量突破 400,000,000 冊！
已譯為 32 國語言，美國亞馬遜網站讀者五顆星熱情推薦。
Goosebumps
雞皮疙瘩
R.L. 史坦恩（R.L.STINE）◎著
史上最暢銷的系列叢書，經典改版全新上市！
電影《怪物遊戲》、
《怪物遊戲 2：妖獸讀》改編原著
★附加英語學習功能——
「這句英文怎麼說？」。
輕鬆學習最貼近生活的實用美語。
給你一身雞皮疙瘩！
充滿刺激與想像的旅程就此展開！
Goosebumps
雞皮疙瘩
首波 40 冊熱銷中！
還有更多、更精采的雞皮疙瘩，敬請密切期待！

史賴皮系列叢書 01

史賴皮搞怪連篇 1：咒你生日快樂

原著書名── Slappy World: Slappy Birthday to You
作　　者── R.L. 史坦恩（R.L.Stine）
譯　　者── 向小宇
企劃選書── 何宜珍
責任編輯── 韋孟岑

國家圖書館出版品預行編目 (CIP) 資料

史賴皮搞怪連篇 . 1：咒你生日快樂 / R. L. 史坦恩 (R. L. Stine) 著；向小宇譯 . -- 初版 . -- 臺北市：商周出版：家庭傳媒城邦分公司發行，民 109.06
184 面；14.8 x 21 公分 . -- (史賴皮系列；01)
譯自：Slappy world : Slappy birthday to you
ISBN 978-986-477-836-2(平裝)
874.596　　109005559

版　　權── 黃淑敏、翁靜如、邱珮芸
行銷業務── 莊英傑、黃崇華、周佑潔、華　華
總 編 輯── 何宜珍
總 經 理── 彭之琬
事業群總經理── 黃淑貞
發 行 人── 何飛鵬
法律顧問── 元禾法律事務所 王子文律師
出　　版── 商周出版
臺北市中山區民生東路二段 141 號 9 樓
電話：(02) 2500-7008 傳真：(02) 2500-7759
E-mail：bwp.service@cite.com.tw
Blog：http://bwp25007008.pixnet.net./blog
發　　行── 英屬蓋曼群島商家庭傳媒股份有限公司城邦分公司
台北市 104 中山區民生東路二段 141 號 2 樓
書虫客服專線：(02)2500-7718、(02) 2500-7719
服務時間：週一至週五上午 09:30-12:00；下午 13:30-17:00
24 小時傳真專線：(02) 2500-1990；(02) 2500-1991
劃撥帳號：19863813 戶名：書虫股份有限公司
讀者服務信箱：service@readingclub.com.tw
城邦讀書花園：www.cite.com.tw
香港發行所── 城邦（香港）出版集團有限公司
香港灣仔駱克道 193 號超商業中心 1 樓
電話：(852) 25086231 傳真：(852) 25789337
E-mailL：hkcite@biznetvigator.com
馬新發行所── 城邦（馬新）出版集團【Cité (M) Sdn. Bhd】
41, Jalan Radin Anum, Bandar Baru Sri Petaling,
57000 Kuala Lumpur, Malaysia
電話：(603)90578822 傳真：(603)90576622
E-mail：cite@cite.com.my

美術設計── 王秀惠
印　　刷── 卡樂彩色製版印刷有限公司
經 銷 商── 聯合發行股份有限公司
電話：(02)2917-8022 傳真：(02)2911-0053

■ 2020 年（民 109）06 月 09 日初版
■ 定價 / 250 元
著作權所有，翻印必究
ISBN 978-986-477-836-2

Printed in Taiwan
城邦讀書花園
www.cite.com.tw

Copyright © 2017 by Scholastic Inc. All rights reserved.
The Goosebumps book series is created by
Parachute Press, Inc. Published by arrangement with
Scholastic Inc., 557 Broadway, New York, NY 10012, USA.
GOOSEBUMPS, GOOSEBUMPS 2000, 雞皮疙瘩 and logos are trademarks and/or registered trademarks of Scholastic Inc.
Complex Chinese edition © 2020 by Business Weekly Publications, a division of Cité Publishing Ltd.
All Rights Reserved.

Goosebumps®

SlappyWorld

Goosebumps®

SlappyWorld

Goosebumps®
SlappyWorld

Goosebumps®

SlappyWorld